Pascal Fioretto

Né en 1962, Pascal Fioretto est nègre littéraire, journaliste et scénariste. Sous son vrai nom, il a publié *Gay Vinci Code* et, en collaboration avec Albert Algoud, *Le Pacte secret* et *Élysée machine 2007*. Son dernier ouvrage, *La Joie du bonheur d'être heureux*, a paru en 2008 aux éditions Chiflet & Cie.
Et si c'était niais ? est paru chez Pocket en 2008.
Il habite la régon parisienne.

L'ÉLÉGANCE DU MAIGRICHON

DU MÊME AUTEUR
CHEZ POCKET

PASCAL FIORETTO

L'ÉLÉGANCE DU MAIGRICHON

et autres pastiches

CHIFLET & Cie

Le papier de cet ouvrage est composé de fibres naturelles, renouvelables, recyclables et fabriquées à partir de bois provenant de forêts plantées et cultivées durablement pour la fabrication du papier.

ISBN : 978-2-266-20246-6

A Marco, il riccio più elegante del mondo

« Chaque époque a ses soulignages…
Ses répétitions, ses tics… »

Philippe Sollers

Sommaire

Avertissement de l'éditeur :

Chacun des pastiches de ce recueil
peut être lu indépendamment des autres.
Toutefois, pour profiter au mieux des saisissants
effets spéciaux et du suspense insoutenable,
il est suggéré d'avancer dans la lecture
en suivant l'ordre du sommaire.

– I –

Christian Pignol

Les engoulevents
de la Grange-aux-Loups

(Prix « Fonds de terroirs » de l'École des Grives)

*

PROLOGUE :
Les Ailes du vieux moulin

L'hiver, la Glavoise est un torrent boueux dont les flots tumultueux charrient des arbres morts, des rochers noirs et des sangliers surgelés. Pourtant, sitôt passées les dernières neiges de mai, elle se métamorphose en une rivière paisible qu'on traverse à pied sec au lieudit du Gué-de-la-Corde. C'est là que le voyageur qui arrive à Courtonac par la route de Saint-Hilaire franchit la Glavoise, au Roc-de-la-Châtre. Un peu en aval, la route en pierre traverse le moulin abandonné du père Plasson. Devant le triste spectacle des ronces qui dévorent les meulines à foulon et les flaterets à courroie, on a bien du mal à croire que, jadis, les ânes, les bœufs et les femmes de Courtonac déchargeaient là leurs ballots de bressac frais pour qu'on les y moulût.

Solide comme un linteau, son éternelle bamborgne à la bouche, le père Plasson transformait ici les précieuses gousses en une fécule à cataplasme, délicate comme de la peau d'oreille et fraîche comme un cul de pouliche[1].

Le vieux moulin était fort prospère et, en entendant ses ailes fredonner dans le vent et le père Plasson jurer plus qu'à son tour, tout le bourg de Courtonac se sentait rassuré.

Hélas, dans ces montagnes oubliées de toutes les routes, quand le destin frappe à la porte, c'est qu'il est déjà sur le seuil. Qu'on lui ouvre en le prenant pour le facteur et alors, aveugle et sourd, il tue les bêtes, piétine les récoltes, engrosse les servantes, viole les poules et fait tourner le lait.

C'est ainsi qu'un glacial jour de février, au cours d'un hiver comme on n'en avait pas enduré depuis bien longtemps, le père Plasson débaroula du godivot de brassage où il était monté frictionner une jarjille. Emporté par les jaumières de recoupe, il se débattit entre les pognards des jambailles, réapparut à l'aplomb des queutards, descendit à grand fracas la jambe de chien tribord, disparut entre deux meules et ne remit plus jamais les pieds au village.

On chercha longtemps son cadavre. Les hommes valides organisèrent des battues. On sonda les bachines, on inspecta les fagosses. Au printemps, on cura jusqu'à

1. Femelle du poulain de nos campagnes.

la ratine le grand badabeu. On fit même venir, en cachette du curé, un sourcier de Castelbajac. Jamais on ne retrouva le corps du moulineur, ni sa bamborgne en écume de bruyasse, ni sa coiffe de burtonge. Le moulin du père Plasson se tut et, dans le silence qui saisit la vallée, les questions se mirent à tourner comme des vesons cendrés à la recherche de musaraignes. Un jour, enfin, le maire de Courtonac annonça qu'en l'absence de dépouille, le moulineur serait officiellement *porté disparu* dans les registres de l'état civil.

Il n'en fallut pas plus pour que certains commençassent à raconter que le père Plasson avait survécu à sa noyade dans la Glavoise et qu'il s'était enfui avec son secret.

Ce qu'était ce secret, on l'ignorait, mais tout le monde se mit à l'appeler, en baissant la voix et en se signant furtivement : « le secret du père Plasson ».

CYCLE 1 :
LE SILENCE DES PALOMBES

LIVRE PREMIER :
Les Grillons dans le seigle

Ce 24 juillet, jour de la Saint-Tillinac, la foire aux pagnotons battait son plein dans la rue principale de Courtonac. Les hommes s'étaient lavés en l'honneur du saint patron du bourg et tous portaient un calot d'été à orfroi en plus du traditionnel tablier de beauseigne en gros lin bleu. Les femmes, toutes de paille tressée vêtues, avaient ordonné leurs cheveux en fiers chignons et riaient de bon cœur.

Un jeune homme robuste, aux cheveux noirs bouclés comme les seigles et au sourire franc comme une fontaine, tirait derrière lui un âne bâté. Tout en se frayant un passage entre les étals débordants de marchandises, l'inconnu contemplait avec gourmandise les pains de froment luisant au grand soleil. Cela faisait plusieurs jours qu'il n'avait rien mangé et la tête lui tournait un peu. En essayant de retenir sa monture affamée qui voulait brouter la robe d'une villageoise, le jeune homme bouscula un chaland.

— Où vas-tu comme ça, l'étranger ? lui demanda l'homme en lui barrant le chemin de sa gaule noueuse.

C'était un homme râblé, noir de visage, les sourcils en tarière, le nez en betterave.

— Comment sais-tu que je suis étranger ? répondit le jeune homme en souriant, ce qui creusa deux fossettes de part et d'autre de sa bouche charnue.

— Tes pieds, répondit l'homme. Ils sont aussi blancs que ceux d'une jeune mariée et tes mains sont douces comme de la filoselle, tu n'es donc pas d'ici.

— En effet, admit le voyageur. Je viens de Laussac. Je m'appelle Louison. Louison Touletemps.

— Et moi, je suis le quincailler de Courtonac : Roland Vézère, mais les gamines du village m'ont surnommé « le Doigt ». C'est moi qui leur fais l'instruction dans ma cave quand la Glavoise est trop haute.

Ses yeux veinés de sang, piqués au sommet de ses joues flaccides, s'étaient mis à scintiller comme ceux d'un barlu de bruyère à la recherche d'une butinette.

— Qu'est-ce qui t'amène à Courtonac, Louison ? demanda-t-il.

— Le travail ! On m'a dit qu'ils cherchaient un braquemardier au château.

— C'est bien possible, mais le domaine de l'Esclafade n'est plus ce qu'il était depuis la disparition du père Plasson, soupira l'homme en expectorant un long jet de salive brune.

— Vous voulez parler du moulineur de bressac ? Celui qui s'est noyé dans la Glavoise ? Je suis passé près de son moulin, on pourrait le retaper et...

L'homme se courba imperceptiblement, regarda à droite et à gauche et se signa. Puis il grinça entre ses dents déchaussées :

— Si tu es venu jusqu'ici pour découvrir le secret du père Plasson, tu ferais mieux de t'en retourner. Il n'y a jamais eu de secret, tu comprends ? Il n'y a ni or caché, ni trésor enfoui. Oublie toutes ces sornettes et rentre chez toi, cela vaudra mieux pour tout le monde.

L'homme lui tourna le dos et disparut dans la foule en claudiquant. Louison haussa ses larges épaules, tira sur le licou de son âne et se remit en route en direction de la ferme. Au pitard des clabauds, les merluches grisollaient dans le bressac encore en toupets.

LIVRE DEUXIÈME :
Ceux de l'Esclafade

On apercevait l'Esclafade dès qu'on dépassait la ferme des Arbanche. À flanc de pernaille, sur un éperon de calcaride protégé du brissard par une haie de thuyas, l'imposante bâtisse dominait le bourg de ses silos étincelants. Par temps clair, la vue portait jusqu'aux contreforts du Couessou et certains prétendaient même distinguer le massif des Chabrottes dans les bruines du ponant. La construction de l'Esclafade avait nécessité qu'on déplaçât des tonnes de pierres et qu'on abattît des milliers d'arbres. La légende disait qu'en mettant bout à bout toutes les poutres qui composaient sa charpente, on couvrait la distance qui sépare Courtonac de La Chabane. Quant à la cheminée de la cuisine des maîtres, on pouvait y loger une douzaine de paysans debout avec leurs coiffes et elle accueillait, les jours de fête, un bœuf, une vache et leur veau à la broche.

À la mort de Jean-Marcel de Peuchac, un homme coulant comme le miel, coloré comme la confiture et cultivé comme la terre, la propriété avait été acquise pour une remuée de bressac par Adrien Jeantout, un paysan des hauts de Courtonac. Le décès du dernier des Peuchac avait suivi de peu la noyade du père Plasson et, depuis lors, on murmurait au bourg. Beaucoup disaient la ferme marquée du malheur et pas un homme sensé n'aurait accepté de s'y rendre sans cacher un rameau de serpolet béni dans la poche gauche de ses braies.

Arrivé à la porte du domaine, Louison se découvrit malgré le vent du nord. Dans la cour des communs, une servante était en train d'ébouillanter des brézets pour le repas du soir. C'était une femme efflanquée, à la poitrine plate, vêtue d'un tablier gris fermé par une ceinture. Son visage cartilagineux était strié de sillons noirs de crasse. Le reste de sa peau était blanc, à part quelques ombres de barbe sur le menton. Une verrue sur son nez dansait en même temps qu'elle parlait.

— C'est toi qui viens de Laussac pour la place de braquemardier ? demanda-t-elle sans interrompre sa besogne.

— Comment le sais-tu, la femme ?

— Les gens parlent. Ils disent du faux mais aussi du vrai.

— Je m'appelle Louison. Et toi ?

La servante s'essuya sur son tablier, vida son nez et lui tendit sa main ligamenteuse.

— Marigona.

— Marigona comment ?

La femme émit un son mouillé qui évoqua à Louison le bruit que fait une vache qui perd les eaux.

— Quoi ? insista Louison.

— Mon nom est compliqué, trancha fièrement Marigona. Je viens d'au-delà la mer. Ici, on m'appelle Marigona-la-Bouche, rapport à mes dents.

Elle leva la tête et Louison remarqua qu'il lui manquait plusieurs dents de sorte qu'on ne voyait qu'un orifice sombre qui se dilatait et se contractait quand elle parlait.

— Si tu dois travailler ici, il faudra m'obéir et tout ira bien, reprit-elle en le défiant de son regard de busarde mouchetée. Compris ?

Louison et son âne partirent d'un franc éclat de rire.

— J'ai compris, Marigona. Mais pour que tu me commandes, il faut d'abord qu'on m'engage à l'Esclafade. Pas vrai ? Allons, annonce-moi donc à ton maître !

— Demande à la Souillon de te montrer où se trouve le bureau de monsieur.

D'un mouvement du menton, la Marigona avait indiqué un angle sombre de la cour. Louison y découvrit une forme humaine, à moitié dissimulée derrière une crempote à barbus.

— C'est vous, la Souillon ? demanda-t-il en s'approchant.

La silhouette poussa un cri de hase en colère, grimpa en un éclair sur une ensileuse automotrice à godets et se percha sur le toit de l'appentis aux hersoirs.

— Commence pas tes manières, grogna la Marigona entre ses dents. Descends de là et montre voir le chemin au nouveau braquemardier ou t'auras la canne ce soir.

La Souillon descendit de son refuge et Louison eut soudain l'impression que la faim et la fatigue lui provoquaient des hallucinations. La jeune femme ne portait pas de burbagne et ses cheveux noirs flottaient autour de son visage en forme d'œuf parfait. Le jeune homme sentit le désir lui irradier l'en-bas. Incapable de prononcer une parole, il ne pouvait s'empêcher de détailler la servante. Ses pieds de lapin, chaussés de galoches à crossettes, donnaient naissance à deux mollets de cabri qui se prolongeaient en cuissots de chevreuil. Ses seins pointus tendaient l'épaisse toile de sa blouse, laissant deviner une aréole en forme de mousseron des prés. Les dents étaient saines, la crinière brillante, l'œil vif et les oreilles ni coupées, ni tatouées. Mais, en plus de sa beauté et de sa santé insolentes, la jeune indomptée dégageait quelque chose de sauvage, comme une génisse un peu vive qu'on viendrait à peine de gaver de farine animale.

— Alors, bougresse, éructa la Marigona, tu accompagnes le Louison chez le maître ou tu veux une fessée cul nu devant le monde ?

Malgré la fatigue, Louison sentit un nouveau bouillon de sang chaud lui dévaler le ventre.

La Souillon cracha sur une poule à batterie qui passait par là et se mit en route.

Quand ils furent parvenus devant le bureau du maître, Louison demanda :

— Comment t'appelles-tu vraiment, la Souillon ?

D'un geste vif, elle lui griffa la joue, sauta sur une gouttière et disparut sans un bruit.

LIVRE TROISIÈME :
La Dame blanche de Jeanzac

Louison poussa la porte du bureau qui grinça.

— C'est toi, la Marigona ? demanda une voix traînante. J'avais pourtant demandé qu'on me laisse en paix jusqu'à l'angélus !

— Ce n'est pas la Marigona, corrigea Louison. Je viens pour le travail de…

Le maître, qui s'était assoupi devant un feu de cheminée électrique, se retourna vivement et le détailla de la tête aux pieds.

— C'est toi le Louison Touletemps, de Laussac ?

— Comment savez-vous que ?…

— Les gens parlent par ici.

Il se leva lentement de sa tabourgne et tisonna les bûches en plastique. C'était un homme grand et lourd, coiffé d'une cornange à doubles ribaux qui parlait d'une voix tonfe, en émaselant les dernières syllabes des mots. Il s'approcha de Louison et lui tendit une lourde main froide.

— Je suis Adrien Jeantout, mais tout le monde m'appelle le père Jeantout. Bienvenue au domaine de l'Esclafade. Nous avons des bois, des parts dans la raffinerie de Biganche et des vignobles du côté de…

Il s'interrompit et s'approcha prestement de la fenêtre, restée entrouverte. Louison eut à peine le temps de voir les hardes de la Marigona se volatiliser dans le crépuscule.

— Fous ton camp, Marigona ! cria M. Jeantout. Va donc préparer les tendrilles pour la croquenade de tantôt ! Le froid passera la lune haute et nous aurons besoin de chenaison pour diluer les boues d'épandage.

Il revint près du foyer et tendit vers les braisons rougeoyant ses doigts que protégeaient mal des paumelles de gruge.

— Cette tia-tia passe son temps à sapajouter… Où en étais-je ? demanda-t-il en se rasseyant. Ah oui, ce n'est pas que nous soyons riches, mais nous connaissons la valeur des choses. Et puis, cette année, les subventions ont été fertiles. Nos fagots sont rentrés, notre or est bien rangé et nos silos débordent de pesticides à pulvériser. Pourtant, depuis que ma femme est malade, j'ai perdu la force, Louison…

Le regard de Jeantout était devenu vitreux comme un œil de gobemouche piégé dans la vase.

— De quoi souffre-t-elle ? s'enquit Louison.

— Elle a des hallucinations.

— Il se raconte qu'elle dort les yeux ouverts.

— D'où tiens-tu cela ? demanda Jeantout en se levant de son fauteuil et en serrant ses poings bleuis.

— Les gens parlent. Ils disent du faux mais aussi du vrai.

— Hélas, c'est la vérité…, murmura Jeantout. Et quand on la réveille pour lui fermer les yeux, c'est des stridulements qu'on entend jusqu'à Saint-Bordes. Ses cris rendent fous. Les chèvres broutent leurs petits, les vaches se détachent, les porcs se pendent…

— Il n'y a rien à faire ?

— Un charlatan de Montignac lui a fait suivre un régime dissocié. Elle a perdu quelques kilos qu'elle a repris aussitôt. Alors on lui a prescrit des bains d'eau glacée. Mais au lieu de l'apaiser, ça lui a donné un genre de fluxion à la poitrine. Elle a beaucoup toussé, la pauvre, ses grands yeux toujours bien ouverts et puis, le jour anniversaire de la disparition du père Plasson, elle est passée de l'autre côté…

Jeantout et Louison se signèrent ensemble.

— Depuis, poursuivit Adrien Jeantout, elle passe ses journées à faire de la danse country avec ses copines et elle prétend que la Dame blanche de Jeanzac lui rend visite la nuit. Quand je me lève pour aller à l'urine, je les entends qui papelatent. Tous mes domestiques sont partis, ils ne la supportaient plus. Seules, la Marigona et la Souillon sont restées.

— La Souillon… demanda Louison d'une voix étranglée, comment s'appelle-t-elle vraiment ?

M. Jeantout le considéra soudain avec suspicion.

— Tu ne serais pas de l'URSAFF, toi, par hasard ?

— Pas du tout, protesta Louison. Je viens de Laussac…

Jeantout éclata d'un mauvais rire.

— J'aime mieux ça… La Souillon, elle ne s'appelle pas, elle se siffle ! Mais ne t'attends pas à ce qu'elle te réponde, elle est muette comme une carpe à colleton. À ta place, je ne m'y frotterais pas trop : on dit qu'elle donne des maladies qui brûlent au cabinet. On dit aussi, ajouta-t-il en se signant, qu'elle en sait long sur le secret du père Plasson…

— Le secret du père Plasson ? ! s'exclama malgré lui Louison.

Le visage de M. Jeantout se ferma subitement et il planta son regard dans les yeux purs de Louison.

— Qu'est-ce que tu es venu faire à l'Esclafade ?

— Je vous l'ai dit. Je suis là pour travailler, balbutia le jeune homme en reculant.

— Alors va ! ordonna Jeantout. Cette nuit, tu dormiras dans le hangar des porcs en stabulation. Nous verrons si tu mérites un lit. Disparais ! Et à l'avenir, ne te mêle que de ce qui te regarde.

CYCLE 2 :
QUAND LES BÉCASSES S'ENVOLERONT

LIVRE PREMIER :
L'Étable aux secrets

En pénétrant dans l'étable, Louison sentit comme chaque soir le froid et l'odeur des porcs. Il travaillait à l'Esclafade depuis deux mois et il s'était habitué à l'exhalaison, âcre, ammoniaquée, suffocante, des tonnes de lisier qu'il lui fallait, chaque jour, vider dans la rivière. Le jeune homme apprenait vite. Quoiqu'il n'eût pas passé son certificat des études, Louison avait une large tête qui ne demandait qu'à être bien remplie. Vif comme un écureuil et maniant la gripette comme personne, il était dehors par tous les temps, chouravaillant, de-ci de-là, une salade montée en ramure, quelques châtaignes grâchées, une poignée de granulés pour lapins qu'il offrait le soir à son bourricot. Quant à son travail de braquemardier, il s'en acquittait si honnêtement que le père Jeantout n'avait rien trouvé à y redire jusque-là. Même la Marigona, à la langue chargée et bien pendue, ne savait quoi colporter à son sujet quand elle descendait au bourg pour y cancassailler avec les autres commères.

On approchait des vendaisons de l'automne. Les premières givrées avaient affalé les chus, les berteaux creusaient leur passemandre et, le soir à la veillée, les femmes préparaient déjà les produits de Courtonac que les hommes iraient bientôt vendre à la Foire de Monsieur de Fursac.

Comme tous les soirs au crépuscule, Louison alla flatter le dos de son onagre, dîna de peu puis se mit à compter les chèques emploi-service accumulés au cours des dernières semaines. Encore le double et il pourrait quitter l'Esclafade pour se mettre à son compte. Dehors, la nuit montait, vite et épaisse. Il se déshabilla en frissonnant, enfila sa jamotte et disposa sa couche sous une bale d'orgeant, puis se glissa, torse nu, sous le foin encore tiède où avait séjourné son animal.

Il dormait depuis deux tours de grande aiguille lorsqu'il sentit, tout près de lui, une présence inhabituelle. Pensant à un cochon égaré, il renifla, comptant identifier la bête à son remugle. Mais, au lieu de la lourde senteur attendue, il respira un délicieux parfum d'églantine en fleur.

— Qui est là ?

Une fine main se posa sur sa bouche tandis qu'un souffle chaud lui murmurait dans l'oreille :

— Pas un bruit ou le maître nous chassera tous les deux !

Comme un poussin dans sa cage à gavage, l'âme pure de Louison tressaillit dans sa cachette.

— Souillon ? Tu n'es donc pas muette !

— Je dois te parler, Louison. Il n'y a que toi qui puisses m'aider ici-bas.

— Dis-moi d'abord comment tu t'appelles, la Souillon.

Un court instant, elle resta silencieuse puis finit par lâcher, dans un souffle :

— Jeanne…

— Jeanne ? C'est beau…

— Jeanne de Peuchac.

— Toi ? Une Peuchac ? Une Peuchac ne se fait pas souillon, c'est imposs…

— Je suis la dernière des Peuchac, le coupa-t-elle avec orgueil. Après la mort de mon père, je n'ai pas voulu rester à l'Esclafade, je me suis réfugiée dans la grotte de Mandrin.

— Il y a une grotte de Mandrin à Courtonac ? On pourrait la retaper…

— Il y en a partout, mais la nôtre, c'est la vraie. Et je me battrai autant qu'il le faudra pour la faire classer, ajouta-t-elle avec un accent menaçant.

Elle s'était approchée et il savourait le contact de son corps. Sous son linge de peau, son membre indiquait midi pile.

— Mon père n'est pas mort tout seul, reprit-elle.

— Il y avait beaucoup de monde pour l'aider ?

— Il y avait Jeantout…, lâcha-t-elle en crachant sur un porc à cul noir. Avant de mourir, il m'a dit qu'il était menacé. Il savait des choses sur le secret du père Plasson…

Les deux jeunes gens se signèrent dans le noir. Au loin, déchirant la nuit de porcelaine, une hulotte des forêts hulala sinistrement.

LIVRE DEUXIÈME :
Les Engoulevents de la Grange-aux-Loups

Plusieurs lunes étaient passées sur l'Esclafade. L'hiver faiblissait. Les premières chuintes étaient décloses et les sarcelles à plumet construisaient leur arpange, fouaillant de leur rostre encore frêle les taillis d'agaçantes. Le printemps s'annonçait enfin et la terre, lasse de tant de boue et crevassée de froidures, préparait en secret le retour des beaux jours.

Louison et Jeanne se retrouvaient chaque nuit dans l'étable où Louison la montait à cru, déployant avec fougue une énergie trop longtemps retenue. De son côté, la jeune fille enseignait à son amoureux tout ce qu'elle avait découvert dans les livres empruntés au Bibliobus.

— Regarde, expliquait-elle, en décalottant les épis de bressac, c'est quand la pigne est droite et que les deux vésicules sont descendues de part et d'autre du pédoncule que tu sais qu'elle est sur le point de donner son jus.

— Comment sais-tu tout cela ? demandait Louison, secrètement admiratif du connaître de la Jeanne.

Elle riait, fière et indomptée.

D'autres fois, c'était lui qui aidait la Jeanne au frouissage des serponges. Les bottaches de Louison étaient les plus ventrues du pays et on venait de loin pour les admirer. Au bourg, on murmurait que Jeantout avait eu la main trop heureuse en embauchant le beau Louison et le ressentiment, suintant de chaque porte, alimentait un peu plus encore la haine contre le propriétaire de l'Esclafade.

Quand ils voulaient se voir en plein jour, les deux jouvenceaux se donnaient rendez-vous dans la Grange-aux-Loups où la Jeanne élevait en secret une douzaine d'engoulevents à tunique dont elle gobait goulûment les petits œufs mouchetés de bleu. Après la sieste, leurs coïts étaient fougueux, profonds, obstinés et on venait de loin pour les observer en cachette.

Leurs amours innocentes n'avaient pourtant pas chassé de la tête de Jeanne ce qui l'habitait depuis toujours : son projet de vengeance. Comme le soleil attend la nuit pour se coucher, la Jeanne attendait son heure.

Elle finit par arriver, un jour d'avril, quand débuta la saison des grêlons. Chaque année, à la même époque, le village était ravagé par une série de grêles dévastatrices. Durant cette période maudite, les hommes restaient chez eux, hébétés de peur, scrutant les noirs nuages qui s'amoncelaient au-dessus du bourg. Les femmes, réunies à l'église, priaient des nuits entières pour que les pierres de glace, plus grosses que le poing, ne s'abattissent pas sur leurs fermes mais sur celles des voisins. Tous avaient peur.

Le lundi 7 avril, le soleil prit une teinte mauve inhabituelle. Vers midi, les grenouilles se turent, les taons annulèrent tous leurs vols, et les sauterelles retinrent leur souffle. À deux heures de l'après-midi, le lait se figea dans les mamelles, le vin tourna dans les barriques et les aigrefins rentrèrent leurs petits. Une terreur quasi palpable enveloppa le pays.

— Les bécasses se sont envolées, annonça Jeanne à Louison en scrutant le ciel plombé. C'est le jour…

Elle enfila sa capelaine et se mit en route dans une lumière de fin du monde.

— Et moi ? lui cria de loin Louison. Qu'est-ce que je fais ?

— Va-t'en chercher le curé. On en aura besoin…

LIVRE SIXIÈME :
Là où disparaît le vieux gland

Louison sortit de la cure, accompagné de monsieur le curé. La grêle et l'orage avaient fini leur sale besogne et les nuages commençaient à s'éloigner vers les bois de Colleforte.

— Vraiment, elle ne t'a rien dit ? demanda le vieil abbé, peu enthousiaste à l'idée de monter à l'Esclafade.

C'était un homme grand et maigre, à la démarche de faisan. Il avait des épaules étroites, des jambes trop longues pour son torse rabougri et des fesses molles qui n'incitaient pas à la caresse.

— Elle m'a juste demandé de descendre vous chercher, l'abbé.

En gravissant le raidillon qui mène à l'Esclafade, les deux voyageurs découvrirent les ravages du déluge. Partout, ce n'était qu'experts des assurances en larmes, cocottes en fonte, chats échaudés et canards boiteux.

Ils étaient presque arrivés devant le bureau de Jeantout lorsque la Marigona, hors d'elle-même, se mit à bondir autour d'eux en criaillassant.

— Dieu soit loué, vous êtes là, monsieur le curé ! C'est horrible, il n'a rien pris depuis hier et il refuse de faire chabrot dans sa truffarde au lard. Il dit qu'il a vu le Diable !

— Allons, calme-toi, pauvre folle, répondit le vieux curé en jetant par-dessus son épaule une pièce de dix centimes et dix grains de sel gros.

Louison et l'abbé pénétrèrent dans le bureau. Une odeur de soupe aux choux réchauffée et de mort flottait dans l'air. Quand leurs yeux se furent habitués à la pénombre, ils découvrirent le père Jeantout qui gisait sur son lit. Un mince filet de bave s'écoulait de sa lippe entrouverte. Le paysan madré et retors que tous craignaient au village avait l'air aussi ahuri et terrorisé que si on lui avait annoncé une réforme de la PAC.

Le malade tourna ses yeux apeurés dans leur direction.

— C'est toi, Louison ? demanda le vieil homme.

— Tenez bon, M. Jeantout, vous allez vous en sortir !

— Allons, mon garçon, je vais mourir et cela vaut mieux. J'ai tout réglé avec l'ange de la mort…

— Quel ange de la mort ? demanda aussitôt le curé, vexé qu'on le court-circuitât.

— *Il* est venu, gargouilla Jeantout. *Il* sait tout le mal que j'ai fait ici-bas : le meurtre de Jean-Marcel de Peuchac, le rachat de l'Esclafade, les choux transgéniques non déclarés, les abeilles que j'ai rendues folles…

— Mon Dieu, il délire. C'est la fin, murmura le curé. Je vais lui administrer les saintes huiles…

— Il sait parfaitement ce qu'il dit ! le coupa Jeanne en surgissant de derrière les sacs de bressac que Jeantout gardait au sec en attendant la remontée des cours.

— Jeanne ? ! s'exclama Louison.

— L'ange de la mort, pour vous servir ! s'inclina-t-elle avec un sourire de triomphe.

— La Souillon ? s'étrangla le curé. Par saint Bârnabeu, qu'as-tu fait à ce malheureux ?

— Je sais qu'il craint l'orage, à cause de la noirceur de sa conscience, alors j'ai profité du déluge pour me travestir en justicier du Ciel et je lui ai fait peur.

— Il y a encore pire que tout ce que je t'ai avoué, Jeanne…, ânonna Jeantout.

— Quoi encore ? demanda Louison.

— Si c'est pécamineux, gardez cela pour la confession, l'adjura l'abbé.

Le vieillard émit un sifflement de gabelière percée et reprit avec effort.

— Le père Plasson savait ce qui menace le village. Il avait décidé de le dire à tous mais quelque chose… quelqu'un… a voulu l'empêcher de parler…

— Quelqu'un ? Qui ? ! demanda Jeanne en secouant l'agonisant par sa lavallière brodée.

— Pas moi, je vous le jure devant la porte des enfers où je brûlerai bientôt avec tous les surplus agricoles. Mais je suis sûr qu'on l'a… Il n'est pas… Le village tout entier va être…

Le mourant se mit à garguillasser puis il perdit sa connaissance. Il s'éteignit à trois heures de la nuit, dans les bras du curé et de sa femme, celle de Jeantout, qui le veilla en dormant de ses grands yeux bien ouverts.

ÉPILOGUE :
La Patache aux amours

À la fin de la cérémonie religieuse, le cortège s'ébranla joyeusement en direction de la ferme des Peyroudes où devait se tenir le banquet. La patache des mariés était tirée par la Brune et la Rousse, deux splendides génisses clonées à la croupe énorme et aux sabots en polymère brillant dans le grand soleil.

On arriva en ordre dispersé à la ferme. Le père Hugot en était à son huitième verre de vin pétillant. À la vue des mariés, son œil s'alluma et il sortit de sa sacoche le physorcédon traditionnel qu'il y dissimulait. Sous les hourrailles des convives, il entama aussitôt une série de bourrettes entêtantes et on vit même le vieil abbé esquisser un pas de quinte avec Robert Laffont, l'instituteur radical de la Chabanne.

Puis on passa à table.

L'immense buffet du festin croulait sous les victuailles. Où que l'on posât les yeux, ce n'étaient que bombasses rôties, pot-au-four d'écrevisses, écrabouille de veau aux échalotes, pieds en compote, niflettes de chevreuil, queues de chèvres en tablier, baguettes de tradition pas trop cuites, sanglier en robe de chambre, brandade de mouton, clafoutis de perdreau… Le repas avait coûté cher aux jeunes époux, et Jeanne et Louison avaient sacrifié un peu des économies qu'ils faisaient en vue de retaper le moulin du père Plasson pour en faire un gîte de charme 3 épis.

Assis côte à côte, les jeunes époux ne se quittaient pas des yeux. Sous la table, leurs doigts se mélangeaient jusqu'à ne plus former qu'une seule main.

Le soleil brillait, le vin coulait en fraîches régalades dans les gosiers d'où jaillissaient les chants de fête et les vivats. La journée serait longue et la fête serait belle !

Quand on apporta la farandole des desserts, Jeanne sentit l'enfantelet tressaillir dans son giron.

– *II* –

Katherine Plancol

La Valse jaune
des tortues-crocodiles

*

Comme chaque matin, Karine s'arrêta à la réception de la Résidence-Hôtel des Tilleuls pour se plaindre de l'absence d'eau chaude dans sa salle de bains. Comme chaque matin, Yvonne Delval, la directrice de l'établissement, la regarda avec mépris en lui tendant son courrier.

— Ce n'est pas de ma faute si vous n'êtes pas fichue de régler un mitigeur, siffla la vieille peau. Et ce n'est pas dans vos revues pour bonnes femmes que vous trouverez le mode d'emploi, ajouta-t-elle en lui jetant son courrier sur le comptoir.

Outre l'hebdomadaire féminin pour lequel elle travaillait, il y avait, dans le tas d'enveloppes, une lettre de son avocat lui annonçant l'échec de la procédure de divorce à l'amiable avec son ex, le renvoi de son fils du collège pour « attitude inappropriée » en cours de français, une mise en demeure de son coach de Pilates pour absence non justifiée aux cours, une publicité pour des fenêtres isolantes en alu…

Bref, des emmerdes, encore des emmerdes, toujours des emmerdes.

Mais pourquoi avait-elle fait suivre son courrier pendant ses vacances à Courtonac ? *Parce que tu es trop conne, ma pauvre Karine !*

Elle poussa un cri strident et démarra l'ascension des cinq étages. Elle avait lu quelque part qu'il était indispensable d'extérioriser ses tensions en criant de temps en temps. Et des tensions, elle en avait à revendre, Karine. Elle en avait sa claque, sa dose, ras le sac Longchamp, plein le brushing. Elle se sentait fontaine siphonnée, coupe qui déborde, patchwork décousu. Elle était arrivée à « Peux plus… », Karine. Qu'on l'empêche de crier et elle se serait cassée en mille morceaux. Et plus jamais elle ne se serait recollée. D'ailleurs, elle y pensait de plus en plus souvent, Karine, à se casser.

En arrivant sur le palier du deuxième, elle croisa Marigona, la femme de ménage albanaise des Tilleuls.

— L'ascenseur est en panne ? interrogea l'édentée.

— Pas du tout, Marigona, je…

Karine aurait voulu pouvoir s'arrêter, secouer la pauvre femme, lui faire un masque désincrustant, lui expliquer à quel point les escaliers, c'était important pour garder des fessiers sublimes mais, une fois de plus, elle n'avait pas le temps. Elle renonça.

— Vous n'avez pas entendu comme un cri ? demanda encore l'employée, en la dévisageant avec insistance.

— Un cri ?... Heu... non, répondit Karine en reprenant sa course folle.

Le flot de ses pensées bouillonna de plus belle. Pour gagner du temps, elle décida de la tenue qu'elle mettrait après sa douche : la sublime saharienne parme, le chemisier crème + la broche fantaisie (celle offerte par ce salaud de Philippe), le large ceinturon en coton frangé sur une jupe mi-saison, des mocassins plats. Et tant pis si le talon revenait à la mode. Elle s'en foutait, Karine. À qui devait-elle plaire désormais ? On était encore hors saison et il n'y avait que des ploucs dans ce bled. Elle raya la ligne « fringues » sur le Post-It qu'elle avait collé dans un coin de sa mémoire et passa aux autres points stabilotés de sa *job list*. Régler chauffe-eau, lire horoscope, réclamer pension à l'autre con, décongeler saumon, drainer cuisses, changer photo Meetic, épiler maillot, réserver Megève, parfumer rideaux, composer bouquet, étirer lombaires, infuser thé vert... sans oublier de consacrer un *quality moment* aux enfants. Endless, la *job list*. Hopeless, sa *life*. L'existence lui sembla soudain si cruelle que ses yeux se gonflèrent de larmes qu'elle écrasa du coin de sa langue. Ne pas craquer. Les enfants ne comprendraient pas. *Allons, ma vieille, tu es une battante dans la tourmente, c'est tout.*

C'est tout, mais c'est tellement beaucoup...

*

Le soleil donnait déjà fort sur le village de Courtonac. Au loin, les silos de la ferme de l'Esclafade scintillaient dans la sublime lumière du matin. Un peu plus bas, au Gué-de-la-Corde, la rivière Glavoise faisait entendre son doux ronronnement de chatte satisfaite. L'hiver, la Glavoise est un torrent boueux mais, sitôt passées les dernières neiges de mai, elle se métamorphose en une rivière paisible que Lou-Anne aimait traverser à pied.

Enfant, la jeune femme avait croqué à pleines dents de juteuses tranches d'été à Courtonac. Alors, quand la vieille ferme des Peyroudes, nichée entre collines et vallons, avait été mise en vente, Lou-Anne avait eu le coup de foudre. Son mari la lui avait offerte pour sa fête et elle l'avait restaurée sans trahir son âme, en matériaux bruts, libérant les vieilles pierres, installant un atelier d'artiste dans le pigeonnier, aménageant les combles dans un esprit loft et faisant même construire un cabanon secret tout au fond du verger… Ensuite, elle avait jeté des kilims sur les lits, noué des rideaux de lin, natté des joncs, glissé quelques *Côté Sud* dans les toilettes, chiné de vieilles roues de charrettes, passé au brou des pieds de lampes…

Elle avait rebaptisée la ferme « La Buissonnière » et elle l'appelait son rêvoir. Partageant sa vie entre Paris et Courtonac, Lou-Anne parlait souvent de tout plaquer, de dévaler l'autoroute du Sud avec des amis artistes ivres, d'oublier son mari, d'ouvrir un gîte d'exception où l'on renaîtrait à soi-même. Débuter une autre vie où le regard porterait loin, où l'on prendrait le temps de mitonner des tians de légumes et de tresser soi-même ses sandales…

*

La société nous prend pour des Demak'up, songeait Karine. Toutes petites, elle nous aplatit comme des rondelles, puis elle nous imbibe de maquillage, et elle nous jette à la poubelle une fois qu'on a servi !

Elle poussa un nouveau cri, de révolte et de détresse mêlées. Cette fois, le doberman de la réception se mit à aboyer. De petites voix lui murmuraient à l'oreille :

« *Ma pauvre chérie, tu n'y arriveras jamais...* » Une fois de plus, elle eut la tentation de tout plaquer. D'arrêter d'être la mère parfaite qui élevait seule Origan et Bergamote, qui triait ses déchets, qui bougeait plus et évitait les aliments salés et sucrés, qui achetait le calendrier de Reporters Sans Frontières, qui écoutait Bernard Guetta tous les matins... Elle se sentit même prête à jeter sa cure Menophytea jambes lourdes dans les toilettes... Les voix tournaient, tournaient encore, jusqu'à l'étourdir. Elle allait sombrer lorsque l'une d'entre elles souffla dans son oreillette bluetooth :

— Allô ? Ma chérie...

— Maman ?

Karine s'en voulut de ne pas avoir débranché son kit mains libres. Elle ne pouvait pas penser à tout... Elle avait découvert en analyse que Sidonie, sa mère, était nocive.

— Tu as l'air essoufflée, ma chérie. Je te dérange pendant une partie de jambes en l'air ?

Nevrotic old bitch, grinça Karine entre ses dents. Elle avait appris l'expression dans une sublime chanson de Jeanne Cherhal.

— Non, maman, je te rappelle que je ne baise plus depuis le départ de Philippe.

— Aaaah, Philippe ! soupira Sidonie. Lui, il avait la classe internationale. Ça se voit aux enfants qu'il t'a donnés...

Évidemment, sa mère avait un faible pour ce salaud de Philippe qui était parti avec la Philippine au pair (Philippe + la Philippine = la tête à Karine), la laissant seule avec son amant, les deux enfants et la C3 Picasso, impossible à garer, cette saloperie.

— Écoute, maman, je rentre du marché aux pagnotons et je suis chargée comme une mule afghane excisée...

— Prends-toi un mec pour t'aider, ma chérie. Je viens d'en larguer un canon, tu veux que je lui passe ton numéro de téléphone ? Au fait, je t'appelais pour mon cadeau de la fête des mères. Tu as de quoi noter ?

*

Parce que j'ai le ventre plat, tout le monde me croit heureuse, constata Lou-Anne en coiffant lentement ses longs cheveux avec une brosse en porphyre, chinée à la brocante du village.

Elle venait de fêter ses quarante ans. Installée devant son miroir, elle se dévisageait de ses yeux immenses où de minuscules éclats d'or scintillaient dans un intense bleu lagon. Elle seule savait que les eaux limpides de son regard cachaient d'inavouables coffres au trésor, pleins de désarrois secrets, qu'aucun pirate bronzé n'ouvrirait jamais.

Lou-Anne Vincent, née Gordini, à Annecy (Haute-Savoie). La meilleure amie de Karine. La femme parfaite. La « déesse à la peau de pêche », comme la surnommaient toutes ses amies du Fitness Club de la Muette. Contemporaine, racée, ergonomique. Depuis l'enfance, Lou-Anne n'avait jamais raté un examen, jamais eu un retard de règles, jamais oublié un anniv', jamais foiré un trait d'*eye liner*, jamais fini deuxième à un concours de T-shirt mouillé.

Jamais vraiment aimé non plus…, soupira-t-elle amèrement.

Au cours de ses études sur l'acide hyaluronique, Lou-Anne avait rencontré et épousé Michel, un bel et brillant avocat. Voyages, thalasso, soldes privés… rien n'avait manqué à leur bonheur. Puis, peu après leur mariage, elle avait abandonné ses recherches au microscope, raccroché sa blouse blanche et s'était insensiblement transformée en belle oisive.

« Je me tiens prête pour les enfants », répondait-elle avec un évanescent sourire quand on s'étonnait de son renoncement à une carrière promise aux plus prestigieux prix internationaux. Mais Michel rentrait de plus en plus tard. Quand il retrouvait, exténué, leur sublime appartement, c'est à peine s'il remarquait que Lou-Anne s'était raccourci la frange ou fait remonter les cuticules. Le jeune couple se parlait peu, s'installant dans des vies parallèles qui ne se croisaient qu'aux cours de Taï Chi du lundi soir.

Heureux les couples qui se déchirent, soupirait Lou-Anne en regardant « Confessions intimes ». *Nous, nous nous découpons suivant les pointillés*.

Une année, elle prit une semaine de vacances à l'île Maurice et Michel ne remarqua son absence que le jour où il reçut une carte postale. Dans un dernier sursaut de passion, il voulut partir la rejoindre mais Lou-Anne était déjà rentrée. Plus bronzée et plus seule que jamais.

Pendant toutes mes années de recherche chez Yves Rocher, je n'ai jamais vu de ride aussi profonde que le fossé qui se creuse chaque jour entre nous, constatait tristement Lou-Anne.

Quant aux enfants, jamais ils n'étaient venus faire leur nid dans leur si grand appartement.

« Assez gémi ! », s'interrompit-elle en essuyant une larme qui avait perlé au coin d'un de ses deux yeux démesurés. « On dirait cette chouineuse de Karine ! Toujours en train de se plaindre alors qu'elle a deux enfants adorables et un boulot passionnant. » Pour se donner du courage, elle se frictionna à l'eau prodigieuse, élue produit de l'année.

*

En poussant la porte de l'appart'hôtel, Karine fut prise d'une panique soudaine : elle avait complètement oublié la leçon de piano de Bergamote. Il était là ! Le craquant prof de musique était dans la place... Un peu jeune, certes, mais ça la changerait de tous ces rédac'chefs bedonnants. Elle avait tant à lui apprendre.

Dans l'entrée en désordre, flottait *son* parfum. Karine connaissait bien cette nouvelle fragrance pour homme. Quelques semaines plus tôt, elle y avait consacré un papier de cinq pages. Quand la secrétaire de rédaction, cette salope d'Anne-Laure, avait voulu changer l'angle de l'article, Karine lui avait balancé une imprimante au visage. *Si j'étais, rien qu'un peu, dans ma vie perso, la battante que je suis au boulot...*, ragea-t-elle en envoyant voler ses escarpins dans la salle à vivre.

Elle mourait d'envie d'aller le voir. *Mais avant de penser à moi*, se reprit-elle en se mordant les lèvres, *d'abord les enfants...*

Elle noua un tablier autour de sa taille, grimpa sur sa Powerplate et s'activa en cuisine. Pendant que les vibrations de l'appareil réveillaient en elle des muscles qu'elle croyait oubliés à jamais, elle débarrassa les restes du petit déjeuner, fit couler de l'eau, astiqua la Cornue, coupa des légumes, ouvrit le frigo, donna des coups d'éponge, referma le frigo d'un coup de talon, essuya un couteau, sala un poulet, rinça des carottes, réserva, remua des casseroles, noua un torchon, fit blondir des oignons, souleva des couvercles, goûta une sauce avec une cuillère en bois, contrôla que le frigo était fermé, s'essuya les mains, rangea une salade, éminça des endives, monta des blancs en neige, dénoua un torchon, préchauffa le four, enfourna un plat et s'effondra sur une chaise. « Voilà ! Cinq fruits et légumes, le compte y est. Une fois de plus… », soupira-t-elle. En incorrigible mère anxieuse, elle aurait préféré faire durer son sac à main une saison de trop plutôt que de priver ses ados des produits du marché.

Tandis que le déjeuner décongelait, elle se précipita dans la salle de bains où elle se fit couler un bain de thym, sauge et romarin. Elle contrôla la température de l'eau avec son talon, ajouta des sels parfumés, alluma des bougies, noua une serviette, mit une musique zen, se râpa les talons, massa ses orteils, se frictionna le dos, médita en silence, contracta son périnée en cadence, se shampouina, ralluma les bougies, se fit un gommage, s'épila les narines, remit de l'eau chaude, se rinça les cheveux, appliqua un après-shampooing démêlant, s'enveloppa d'algues marines, se frictionna au talc, ouvrit une revue, la referma, se tira les cartes, s'exfolia les coudes, se rinça les cheveux, vida la baignoire, se sécha les cheveux et s'effondra sur une chaise.

Et maintenant, à nous deux, monsieur le professeur !

*

Lors d'un voyage au Kenya en formule *all inclusive*, Lou-Anne avait visité les grands parcs animaliers de Mpumalanga. À l'aube, vêtue d'un sublime paréo en coton bouilli, elle sortait de son lodge et, dans une lumière balbutiante de début du monde, elle suivait son guide, un admirable Africain aux fessiers sculptés dans cet ébène dont on fait les grands arbres. L'homme l'emmenait jusqu'à la rivière observer le ballet silencieux des tortues-crocodiles. Au bord de l'eau, Lou-Anne s'accroupissait à l'africaine et observait, fascinée, les carapaces bosselées, les pattes rugueuses, les rides d'expression et les yeux cernés de ces animaux paisibles qui dansaient, jusqu'à la mort, leur chorégraphie silencieuse, ancestrale, immuable.

— Comme c'est sublime…, avait-elle murmuré. On dirait des femmes dans la tourmente.

En Afrique, on appelait ce ballet « la valse jaune » car, à la fin de leur parade, les tortues-crocodiles régurgitaient une écume jaunâtre.

Les tortues-crocodiles sont comme moi, comprit-elle soudain. *Prêtes à mordre si on leur marche sur les pieds, elles tournent en rond et sont indiciblement seules sous leur carapace trop bien maquillée.*

*

Après avoir vérifié qu'Origan dormait paisiblement devant sa Nintendo DS, Karine alla frapper à la chambre de Bergamote. Elle avait passé une jupe d'été Vanessa Bruno, un top Souleiado, noué un foulard autour de ses cheveux en soleil et enfilé des babouches à talons qui lui cambraient divinement le dos. Son cœur battait la chamade. *Il* était là.

— Je peux ? demanda-t-elle en passant la tête dans la chambre de son aînée.

— Kessya encore ? grogna Bergamote en tendant, sans se retourner, un index vengeur dans sa direction.

— Allons, Bergamote, intervint son professeur, ta maman veut seulement s'assurer que tout se passe bien. N'est-ce pas, Madame… ?

— Appelez-moi Karine.

— OK, cool ! Moi, c'est Florian.

Karine avait lu quelque part qu'il existait à Venise un café Florian aussi « *must be seen in terrace* » que Le Flore où des écrivains à succès venaient écrire des chefs-d'œuvre.

— Vous savez, Florian, Bergamote est la seule artiste de la famille. Je serais tellement fière si, un jour, grâce à vous, elle nous composait une symphonie importante…

Florian lui sourit.

— La composition, soupira-t-il. Relier les notes entre elles pour qu'elles deviennent de la musique… Beaucoup de sacrifices pour peu d'élus…

Karine n'était pas une intellectuelle mais une sensitive. Déjà, elle n'écoutait plus. Elle contemplait le visage régulier du jeune professeur, son teint sain comme un carpaccio de bœuf bio. Et ses grands yeux à l'étonnement enfantin. Et ce souverain dédain d'une beauté insolente encore inconsciente d'elle-même. Elle éprouva une irrésistible envie de lui mordre une fesse.

— Vous composez, vous-même ? demanda-t-elle.

— Ça m'arrive. J'ai écrit la musique de mon premier long métrage. Mais je dois encore la retravailler.

Un artiste complet et sans concessions, comprit-elle. *Je ne serai jamais à la hauteur…*

— Un film ? C'est fascinant…, balbutia-t-elle, une boule dans la gorge. Qu'est-ce que ça raconte ?

— Les amours d'une bourge qui kiffe un artiste plus jeune qu'elle. À la fin, le type jette la vioque et part avec sa fille.

Karine avait lu quelque part que, face à l'agression, la souris n'a que trois stratégies possibles : la fuite, l'automutilation ou le coup de pied dans les couilles de l'agresseur. Alors, au nom de toutes les petites souris bafouées par des petits cons comme celui-là, elle régla son compte au bellâtre puis alla s'enfermer dans sa chambre, la jupe froissée, le foulard dénoué, le cœur au nord.

*

Karine et Lou-Anne s'étaient installées dans le salon-bibliothèque. Encore sous le choc de son aventure foirée avec Florian, Karine était ravie de recevoir sa meilleure amie. Les deux femmes s'étaient préparé une sublime orangeade à l'ancienne dans un broc en émail débusqué à la foire aux vieux fers de Jeanzac.

— Tu as des nouvelles de Michel ? demanda Lou-Anne.

— Michel ?

— Ton ex.

— Michel, c'est ton mari à toi, l'avocat. Mon ex à moi, c'est Philippe.

— Tu as raison… Des nouvelles ?

— Depuis qu'il m'a quittée, il est devenu alcoolique, obèse, poilu et insomniaque.

— Ils font tous ça, remarqua Lou-Anne. Ils vont voir ailleurs si l'herbe est plus verte et ils prennent 30 kilos.

Elles gloussèrent de complicité. Quand elles bavardaient ainsi, chacune pliait une jambe sous ses fesses et s'asseyait dessus.

— J'espère que tu ne vas pas faire un régime pour essayer de le reconquérir, s'enquit Lou-Anne.

— Pas question. J'ai lu quelque part que l'énergie est notre avenir, économisons-la. Si Philippe veut revenir, il sait où me trouver mais on devra faire une sérieuse mise au point avant…

Lou-Anne esquissa un insondable sourire d'intelligence et de connivence féminine.

— As-tu remarqué comme ce qu'on dit parfois peut être inécoutable pour l'autre ? demanda Lou-Anne.

— L'autre quoi ?

— L'autre tout court..., dit énigmatiquement Lou-Anne.

— Tu veux parler de ton mari ?

— Antoine ?

— Non, Michel, l'avocat.

— Je veux parler de l'autre en tant qu'autre, Karine...

Quelle femme baroque, astrale et flamboyante..., se dit Karine.

Comme si elle avait lu dans ses pensées, Lou-Anne lâcha sombrement :

— Attention, ma chérie. Diviniser, c'est nier...

— Je sais bien que c'est niais, mais c'est plus fort que moi... Dans le magazine où je travaille, on utilise beaucoup d'adjectifs comme ça.

— Je n'ai pas dit NIAIS, sourit pensivement Lou-Anne. J'ai dit « Diviniser l'autre, c'est le NIER ».

— L'autre quoi ?

Lou-Anne soupira infiniment.

— Moi... En m'idéalisant, tu me nies.

Karine sursauta. C'était la première fois que Lou-Anne laissait entendre que tout n'allait pas si bien que ça dans sa vie si parfaite.

— Lou-Anne, que se passe-t-il ? Tu peux tout me dire, tu le sais. Je ne vais pas forcément en faire un article.

Lou-Anne afficha un sourire abyssal sur ses lèvres indescriptibles. Elle se mit à rire tristement.

— C'est si grave que ça ? interrogea Karine.

— Tu te souviens de ton adolescence ? demanda Lou-Anne. Moi, j'avais des milliers de projets en tête : écrire une chorégraphie, convoquer des réunions, corriger des manuscrits, téléphoner à mon agent, soutenir une thèse, accrocher des tableaux. Et puis…

— Et puis ? l'encouragea Karine. N'aie pas peur, je changerai les noms.

— Et puis, j'ai rencontré Jean-Jacques, le notaire…

— Michel, l'avocat ?

— C'est ça. Au début, nous avons vécu une espèce de symbiose amoureuse. Nous nous parlions en petit nègre pour décupler la tension érotique. Je lui disais : « Moi vouloir toi très fort », il me répondait en me mangeant l'oreille : « Moi faire l'amour à toi, femme de moi. » Et puis, le temps des larmes est arrivé, poursuivit amèrement Lou-Anne. « Toi pas être jouasse ? Toi faire encore la gueule ? », « Non, moi mal à la tête. » Et puis les amers reproches, le glaçant silence, la dérive des corps, la fracture des sentiments, l'écartèlement des lits, les chaussettes en boule…

— Les chaussettes en boule ? Il a osé te faire ça, à toi ?

— Et les slips sous le lit aussi…

Lou-Anne sourit délicatement, découvrant des dents sublimement blanches qui ramenèrent un peu de lumière sur son visage défait.

— Voilà, tu sais tout, Karine. Ou presque tout, car je souhaite conserver un peu de mystère. C'est tout ce qu'il me reste.

— Moi, je crois que tu as encore toutes tes griffes et toutes tes dents, Lou-Anne ! Pour moi, tu seras toujours la féline de ta jeunesse !

— Si les gens savaient combien est triste la tigresse qui n'a ni gazelle à dévorer, ni lionceaux à lécher…, soupira Lou-Anne.

*

Sur la terrasse en ipé de « La Buissonnière », Karine et Lou-Anne étaient lovées sur de vieux transats passés au bleu de Lectoure, découverts chez « Ficelles & Gibottes », à Saint-Hilaire. Karine avait laissé les enfants dormir aux Tilleuls et avait rejoint Lou-Anne pour un bain de soleil matinal. Celle-ci, après une éprouvante nuit blanche, avait envoyé un SMS d'explications à son mari :

Éric, je crois que j'ai besoin de m'éloigner un peu de nous.
Nous ? Mais qui sont-ils, l'un pour l'autre, ces deux-là ?
Réfléchis...
Je t'embrasse, mon Clément.

Ta Lou-Anne

Seuls, les cris de quelques vessons à la recherche des premières musaraignes troublaient, de loin en loin, la parfaite quiétude de leur bain de lumière pure.

— « *Catégorie du beau qui inspire à la fois la terreur et l'admiration* » ? demanda Karine en mâchouillant son crayon.

— Sublime, lâcha Lou-Anne.

— T'as raison, elle est vraiment sympa, ta parure de bain Naf-Naf.

— Je répondais à ta définition de mots croisés... Le mot que tu cherches, c'est « sublime ».

— T'es sûre ? Je pensais que « sublime », ça voulait dire que c'était un truc sympa, comme ta veste boutonnée aux hanches, tu sais, celle avec les épaules à la Saint Laurent mais cintrée par des smocks à la taille.

— Pas seulement. Par extension, tu peux l'appliquer aussi à une statue du Bernin, un paysage de montagne, un opéra de Wagner…

Secrètement admirative, Karine inscrivit le mot dans sa grille.

— Ça colle pas ! s'interrompit-elle. Il me faut un « u » en deuxième position.

— Mais si, ma chérie, expliqua patiemment Lou-Anne. Ça se prononce *seublime*, mais ça s'écrit s-u-b-l-i-m-e.

— Où est-ce que je mets ça, madame ? demanda une voix masculine surgie de nulle part.

Les deux femmes sursautèrent en découvrant le jardinier, les bras chargés d'un tas de déchets végétaux fraîchement coupés de la glycine ébouriffante.

Sans réfléchir, Lou-Anne sut immédiatement ce qu'elle avait à faire. Elle saisit l'homme par le col de son T-shirt dégoulinant de phéromones et l'envoya à terre.

— Tu nous mates depuis longtemps, espèce de porc ? ! demanda-t-elle en se recoiffant d'un geste précis.

— Vous m'avez fait mal ! gémit le type.

— Tu la ramènes encore ? dit-elle en le menaçant d'un coup de pied dans les côtes.

À ses pieds, le jardinier se roula en boule et supplia qu'on l'épargne.

— Tu fais moins le malin, hein ? fit remarquer Lou-Anne. Allez, dégage, les rosiers vont pas se tailler tout seuls !

Les deux femmes, hilares, regardèrent le petit macho s'éloigner en boitant.

— J'adore quand tu te lâches avec les mecs, gloussa Karine. Quand je pense qu'au journal, elles doivent être en train de s'étriper pour savoir qui couvrira la *fashion week* ! Je ne te remercierai jamais assez de m'avoir fait découvrir Courtonac.

— C'est Patrick et sa clinique qu'il faut remercier. Sans son argent, je n'aurais jamais pu restaurer La Buissonnière.

— Écoute, Lou-Anne, essaie de faire un petit effort : ton mari s'appelle Michel et il est brillant avocat, c'est pourtant facile à retenir.

— Tu as peut-être raison…, soupira Lou-Anne.

— J'ai parfois l'impression qu'il y a quelque chose de pas vraiment réglé entre toi et…

Karine hésitait à poursuivre et Lou-Anne resta silencieuse de longues minutes, dessinant avec sa brosse démêlante de complexes arabesques dans sa chevelure.

— Les hommes ?… murmura-t-elle enfin. Tu as peut-être raison. Tu sais, cette idée que les hommes sont des salauds lubriques et qu'il faut leur en faire baver, elle vient de loin. De très loin… D'un hiver à Courtonac, il y a bien longtemps…

— Tu peux tout me dire, l'encouragea Karine. Je ne prendrai pas de notes.

— Si je te disais ce qui s'est passé le jour de la disparition du père Plasson, qui sait si tu serais encore mon amie ?

Karine tressaillit.

— Le… le père Plasson ? déglutit-elle. Tu sais des choses ?

Les deux amies se signèrent furtivement.

— J'étais à Courtonac, cet hiver-là, expliqua Lou-Anne en regardant fixement la Glavoise. Quand l'alerte a été donnée, cela faisait plusieurs heures que j'étais enfermée…

— Enfermée ? Mais où ?

Karine vit les lèvres indessinables de son amie se mettre à trembler.

— Dans la cave de Roland Vézère… C'est depuis ce jour que je me venge, lâcha-t-elle.

Elles restèrent immobiles de longues minutes, le bassin basculé vers l'avant, épaules horizontales, le dos bien droit, sans creuser le ventre, à méditer cette vérité éternelle : *C'est en étant maltraité qu'on devient maltraitant, pas l'inverse*.

— Quand je pense à ton pauvre mari…, réalisa Karine en frissonnant. La liposuccion que tu lui as imposée, l'épilation laser des oreilles, la teinture de ses cheveux pendant qu'il dormait, c'était pour ça ?…

— Entre autres… Tu comprends pourquoi il rentrait le plus tard possible ? plaisanta Lou-Anne en se rhabillant.

— Pigé…, confirma Karine avec un clin d'œil. Où vas-tu ?

— Au village. J'en ai repéré un beau. Un Suédois…

— Tu as l'air en super-forme, il va déguster…, pouffa Karine.

— Oh, tu sais, je vieillis comme tout le monde. Ne m'attends pas ce soir, je dormirai au cabanon. Il y a du tian dans le frigo, sers-toi.

Avant que Lou-Anne ne parte rejoindre son destin, on vit les deux amies entrechoquer leurs carapaces à la fois si dures et si fragiles, si belles et si creuses.

On les entendit mêler leurs rires, leurs eaux de parfum, leurs paréos, leurs larmes, leurs cris de femmes-tortues dans la bourrasque, blessées mais libres.

Aussi libres que des herbes folles.
Aussi folles que des herbes libres.

– III –

Zig Larsen

Milliardium – Tome 4

Les Femmes qui n'aimaient pas les hommes qui n'avaient pas d'allumettes

(Roman traduit du suédois par speedtraduk.fr)

*

MICAEL BOULKSHITT ARRIVA à 11 h 43 devant l'agence de la Caisse d'Épargne de Courtonac. Il appuya discrètement sur le bouton « REC » du mini-magnétophone Samsung ZM 3400 qu'il dissimulait dans sa poche. La micro-cassette DNK de 120 minutes se mit aussitôt à tourner à 23 tr/min. Il avait calculé que cette vitesse d'enregistrement lui offrait une autonomie de 60 minutes par face. Depuis l'affaire de l'OPA du Crédit Municipal d'Örgäsmoestrë sur la Bank oef Norskjbörn, grâce à laquelle il avait fait tomber le gouvernement de Thorbjörn Fälldin, Micael savait que rien ne vaut un bon enregistrement pirate pour confondre un banquier. Il avait aussi appris que la plupart des financiers étaient des pervers corrompus qui n'hésiteraient jamais à le poursuivre en justice pour diffamation s'il les traitait de vicieux pourris dans les colonnes de *Milliardium*. À cause de ces salauds, le magazine croulait sous les poursuites et les condamnations et Rika Lewis, sa patronne et sa maîtresse à l'occasion, lui avait demandé d'étayer désormais chacune de ses accusations.

Micael pénétra dans l'agence. Elle était déserte à l'exception d'une cliente venue retirer de l'argent au guichet. *En Suède, seulement 3 % des femmes se font agresser sexuellement dans leur agence bancaire*, se rappela Micael. Derrière sa vitre blindée, le banquier dégoulinait d'obséquiosité.

— Au revoir, Madame. Bon retour à La Buissonnière.

Micael dévisagea la femme qui le fixa comme si elle semblait le reconnaître. Elle lui sourit, tourna les talons et s'en alla dans un nuage de parfum. Micael se retrouva seul à seul avec le banquier.

— Je peux vous aider ? demanda ce dernier avec un sourire carnassier.

Micael avait loué un gîte à Courtonac dans le cadre de sa contre-enquête pour *Milliardium* sur l'affaire Magnus Oloffson, ministre des Affaires étrangères suédois qui faisait passer ses dépenses de minibar en notes de frais. Depuis des mois, il était sur les traces du Président de la cour des Comptes, Goest Carlsson. Micael était quasi certain que cet influent personnage était au courant des magouilles du ministre et le couvrait. Carlsson et son épouse, Ebba, habitaient avec leur fille Britta dans un splendide mas restauré un peu en dehors du village. Pour jeter un coup d'œil aux magouilles financières entre tous ces pourris, Micael avait résolu d'ouvrir un compte dormant dans la même banque qu'eux.

— Je peux vous aider ? récidiva le banquier.

Micael se remua la tête pour y enlever ses pensées de dedans.

— Je suis un nouvel entré dans le village et je voudrais débuter un compte dans votre établissement…

Le banquier haussa un sourcil au-dessus de son œil puis énonça en guise de réponse :

— Mais parfaitement, Monsieur. Je vais te demander de bien vouloir documenter ce formulaire. Je peux t'offrir un thermos bien serré et préparer des sandwiches pendant que tu implémentes les items à garnir ?

À LA RÉSIDENCE HÔTEL des Tilleuls, Silveth Salamalander ouvrit la boîte en carton rectangulaire d'un rapide coup d'ongle sur le ruban autocollant. D'une maigreur remarquable, elle flottait dans son T-Shirt XXL sur lequel était écrit, en lettres gothiques, « *I'm famous in Uppsala* ». Quand elle avait besoin de réfléchir, la jeune femme ne portait qu'une culotte. Elle s'alluma une cigarette avec du feu, considéra attentivement le contenu du carton devant elle et démarra son MacBook en soufflant la fumée par ses narines. Elle avait choisi un DDR3, dans la version NVidia 9400M, sur lequel elle avait demandé à son revendeur habituel d'implanter le processeur Penryn 2,4 GHz avec 3 Mo de cache en L2 et plus de 512 Mo de Ram.

Le système d'exploitation MacOS X 10.5 lança la machine avec un petit bip de gourmandise et déclencha aussitôt le rétro-éclairage du moniteur TFT de 13,3 pouces tandis que le disque dur ATA/100 vérifiait, en quelques millisecondes, la conformité des registres internes tout en se connectant au réseau Wifi crypté qu'avait installé Silveth dans sa chambre. Après avoir obtenu la réponse du serveur dédié, la carte graphique ATI Mobility Radeon 9550 (32 Mo de mémoire dédiée) afficha :

Mot de passe : | ••••••• |

Silveth souffla la fumée de sa bouche en souriant. Elle s'attendait à cette question de sa machine ; elle avait longtemps hésité avant de choisir « Gunnar 1987 Bjelfvensthaoemsson 784 », du nom du président de la 784e commission des finances, impliqué en 1987 dans le scandale de mœurs dit des « petits pains Wasa ». Puis elle avait réalisé que c'était un mot de passe tellement évident que personne n'y penserait jamais. Le Mac avala le sésame sans broncher et libéra enfin toute la puissance de son IntelCore Duo HXV 437. Silveth se connecta aussitôt sur Google.se où elle entra en vrac toutes les données qu'elle trouva sur l'emballage qu'elle venait d'ouvrir. Le système roucoula comme un pivert mais finit par répondre laconiquement : « *Din produkt och webbplats på Google gör du det enklare.* »

Knut ! pensa-t-elle en maudissant qu'on doive tout re-implémenter depuis les prémisses. Elle se fit couler un thermos bien chaud, prépara des sandwiches, alluma une nouvelle cigarette et insista quelques heures au bout desquelles elle poussa un cri de victoire.

Le document tenait en quelques pages mais tout y était, du plus petit au plus gros composant, de la plus élémentaire à la plus complexe des opérations.

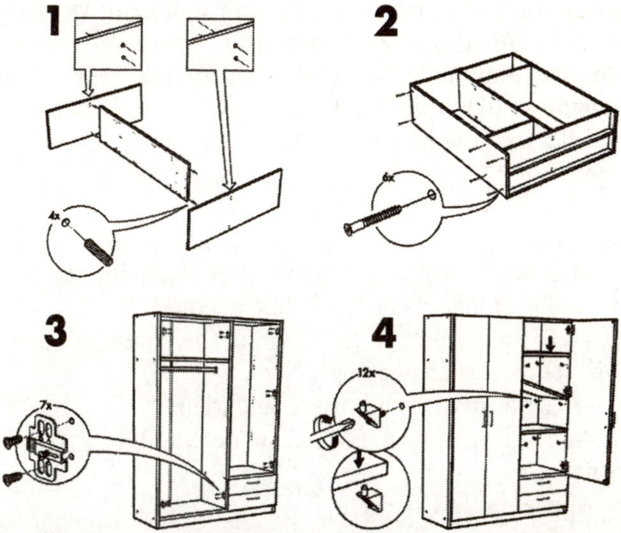

Elle fit un tirage papier qu'elle roula en cylindre dans le pied creux de son lit puis enregistra une sauvegarde du fichier en pdf sur la clé USB qui lui servait de piercing à la joue. Elle entreprit ensuite de fouiller le buffet de la cuisine. Le meuble contenait des assiettes, des verres, des couteaux, des fourchettes, des petites cuillères et des cuillères à soupe, des bols, trois casseroles, des serviettes de table, trois nappes, des torchons de vaisselle, des torchons pour les mains, des poêles et des ustensiles de cuisine. Elle remarqua qu'il n'y avait ni raclette à fromage dans le tiroir, ni ce qu'elle cherchait. Elle reverrouilla son MacBook et s'apprêta à pénétrer à l'extérieur. Avant de franchir le seuil, elle se rappela qu'*en Suède, 99,7 % des victimes de disparition inexpliquée ne sont jamais rentrées chez elles*. Elle fourra sa bombe lacrymo et sa matraque électrique dans son sac à dos, inspira profondément de l'air qu'elle mit dans ses poumons et sortit le pied en dehors. Maintenant qu'elle avait les plans, il ne lui manquait plus que la clé.

Elle savait où la trouver.

ASSIS DANS LE bureau du banquier, Micael sirotait son thermos du temps qu'il inscrivait ses personnelles données sur le module adéquat.

— C'est curieux…, fit remarquer le banquier quand Micael avait déjà accompli.

— Tu trouves quoi qui est de curieux ?

— Je n'ai vu jamais autant de Suédois à Courtonac.

Micael raidit l'oreille.

— Peux-tu expliciter cette pièce d'information ?

— Aisément. Il y a d'abord le couple qui habite le village avec leur fille qui ont ouvert un compte ici.

— Les Carlsson ?

— C'est droit.

— Et que ?

— Toi après. Et avant de toi, il y a eu cette fille si maigre…

Micael Boulkshitt se figea dans l'immutabilité.

— Une fille maigre, tu dis ? Comment ?

— Haute, aplatie, visible. Elle semblait si spasmodique que je lui ai proposé un thermos décaféiné.

— Portait-elle un T-shirt pour la vêtir du haut du corps ?

— Expressément. Elle a ouvert un compte et puis elle est disparue.

Silveth, intuitiva Micael. *Silveth est ici ! ?* Il eut le souffle pris. *Elle aussi, elle est sur leur trace*... Micael n'avait pas revu Silveth depuis sa résurrection après qu'elle avait fait tomber le gouvernement conservateur de Erik Skôvdersson et révélé les agissements antidémocratiques des services secrets dirigés par l'ancien néonazi Ullë Matthersson qui l'avait longuement violée pendant qu'elle était dans le coma assisté par ordinateur.

La *love affair* entre Micael et Silveth était différente de tout ce que Micael avait connu jusqu'alors. Quand il était au lit avec elle, il avait l'impression de faire l'amour avec une chatte épileptique.

— Et... il y a autre chose, lâcha le banquier comme s'il s'auto-parlait à lui-même.

— Que ? demanda Micael.

— Eh bien, c'est étrange mais...

— Mais que ? insista Micael.

— Vous avez un peu de temps devant toi ?

Micael Boulkshitt calcula mentalement qu'il devait lui rester une cassette et demie d'enregistrement.

— Vas-y, mais fais vite.

C'ÉTAIT UNE FIN d'après-midi de mai, chaude et lumineuse. Silveth Salamalander portait un T-shirt blanc sur lequel on pouvait lire, en lettres gothiques mauves : « *Windows Vista sucks* ». Elle arriva devant la « Quincaillerie courtonaise », tenue par Roland Vézère, quelques minutes avant la fermeture. Après qu'elle eut pénétré dans la boutique, le rideau finit de se descendre derrière elle. Elle mit un petit moment à habituer ses yeux à l'obscurité. Peu à peu, une silhouette se dessina. Un homme râblé, noir de visage, les sourcils en tarière, le nez en betterave, la regardait.

— Tu ne sais pas lire l'heure ? demanda Roland Vézère.

Silveth ne broncha pas, elle était habituée à l'accueil des petits commerçants dans les villages touristiques français. À son arrivée à la Résidence-Hôtel des Tilleuls, la patronne lui avait jeté les clés de sa chambre par terre. Elle regarda autour d'elle et retrouva ce qu'elle avait vu en étudiant le plan sur Internet. L'endroit était plein d'un bric-à-brac de chaînes, de poulies, de cordes, de rubans adhésifs, de cravaches, de harnais…

— Ces étrangers, ça se croit tout permis, grinça le propriétaire.

— Je suis Rosetta. Rosetta Bjurngsbosrgsson, improvisa Silveth en tendant sa frêle main.

— Et moi, Roland. Roland Vézère.

Je sais bien qui tu es, espèce de pourriture, pensa Silveth en serrant les dents, *j'ai piraté ta page sur MySpace*.

POUR LA PREMIÈRE fois depuis que le banquier avait débuté son récit, Micael sursauta. Les deux hommes parlaient depuis déjà 7 heures et la nuit était tombée sur le village.

— Tu peux répéter ce que tu viens de parler ? demanda Micael.

— Bien sûr. Depuis toutes ces années, je me rebats en boucle les événements. Ce fut un hiver comme on n'en avait pas enduré depuis longtemps. C'était un mardi et ce fut la pire journée de ma vie.

— Tu as bien dit que ça s'était passé le 28 février 1986 ?

D'un geste de la main, le banquier débarrassa son bureau des sandwiches et des thermos qui l'encombraient.

— Je l'ai dit et je le maintiens.

— Tu réalises que c'est le jour anniversaire de l'assassinat d'Olof Palme ?

Le banquier parut déstabilisé. Était-il au courant ou jouait-il l'innocence ? Il sembla hésiter puis se leva et fit signe à Micael de le rejoindre à la fenêtre.

— Tu vois la Glavoise, là-bas, au fond de la gorge ? Trente ans avant la disparition du père Plasson, un accident s'est produit au moulin. Un ami du père Plasson était monté au sommet du godivot de brassage, sans doute pour frictionner une jarjille. Il est tombé et il a fini dans les eaux boueuses de la rivière.

Trente ans seulement avant la chute du père Plasson et exactement au même endroit, se dit Micael.

— Tu comprends ce que cela signifie ?

— Je dirais que oui.

— Tu piges vite, Micael.

Le banquier alla agripper dans une armoire une pile d'albums photos.

— Je voudrais que tu jettes un coup d'œil à ces images.

Il déposa une cinquantaine d'albums sur son bureau. Chacun des clichés était protégé par des alvéoles de plastique transparent.

— Passe rapidement sur les photos de mon mariage et regarde attentivement celles qui ont été prises lors de l'accident dans la Glavoise. Tu ne remarques rien ?

VÉZÈRE SERRAIT LE cou de Silveth jusqu'à l'étouffer. Quand elle fut sur le point de suffoquer, il lui enfonça une serpillière dans la bouche, la saisit par les cheveux et la fit descendre dans la cave du magasin où il l'enchaîna à des anneaux d'acier qui pendaient au mur. Silveth détestait ces séances de sévices interminables mais elle avait absolument besoin de la clé. Vézère passa sa main râpeuse qui sentait le roquefort sous son menton anguleux et lui redressa la tête tout en lui pétrissant un sein.

— Ça se passe bien à l'Hôtel des Tilleuls ? demanda-t-il en ahanant.

— Le petit déj' est pas mal, mais l'eau de la douche n'est jamais chaude.

— Tu restes combien de temps ?

— Une semaine. Un peu plus, si la météo est correcte.

— Tu devrais avoir beau temps.

— Espérons, parce qu'après l'hiver qu'on a eu…

Il la gifla, la retourna et la plaqua face contre le mur en lui arrachant son T-shirt.

— Et maintenant, raconte à Roland ce que tu es venue chercher dans sa boutique après la fermeture, haleta-t-il.

— Une clé à alêne.

MICAEL PLONGEA DANS les albums en inscrivant des notes sur des feuilles blanches. À minuit, il avait rempli quinze pages de remarques et de questions reliées par des flèches de couleurs. L'image de la journée fatidique était devenue plus claire à l'exception de quelques pièces manquantes qui refusaient obstinément de prendre leur place dans le puzzle. Quel rôle Goebbels avait-il joué dans le premier accident ? Qu'était devenu le père Plasson après sa disparition dans les eaux de la Glavoise ? Le curé du village était-il affilié à la loge P2 comme semblait l'indiquer un verset apocryphe souligné dans son missel des dimanches ? Quelle raison les services secrets suédois avaient-ils de couvrir cette affaire ?

— C'est insane, conclut Micael en relevant la figure. J'ai déjà résolu un tas d'épais secrets mais celui-là dépasse en complexité et invraisemblances tout ce que j'ai vu jusque-là.

— C'est exactement la conclusion à laquelle je suis arrivé. Alors ?

— Alors que ?

— Tu acceptes ?

— Tu dois être plaisantant ! Tu me rebats pendant des heures avec un obscur mystère rural alors que la démocratie suédoise avancée est en train de pourrir de corruption ! Et même si j'acceptais, je ne pourrais pas résoudre à moi tout seul le secret de la disparition du père Plasson.

— Tu as bien réussi à retrouver Henriett Farlander en Australie !

— J'étais jeune. C'était hyper-bien payé et je ne savais pas que j'allais me faire abuser par un industriel serial killer dans un garage.

— Mais il y a cette fille maigre qui loue un gîte au village. Elle va t'aider, comme d'habitude…

Silveth… C'est vrai que Silveth est ici. Demain, j'irai la retrouver à son hôtel et je lui proposerai de venir prendre un petit thermos dans mon gîte. Comment m'accueillera-t-elle ?

— Et puis, je ne t'ai pas tout dit… continua le banquier. Je m'appelle Louison, Louison Touletemps, et j'ai épousé une fille du village, Jeanne de Peuchac. J'ai commencé comme simple paysan et je me suis fait moi-même. Mais c'est une autre histoire… Ma femme et moi, nous voudrions retaper le moulin du père Plasson pour en faire un gîte de charme.

— Éco-performant ? vérifia Micael malgré lui.

— Évidemment. Mais en l'absence de cadavre, le père Plasson est toujours porté *disparu* et la vente du moulin est bloquée tant qu'on ne l'aura pas retrouvé.

— Il y a la Police pour ce genre de choses, fit remarquer Micael en fourrant ses cliques et ses claques dans son sac.

— Ils compétencent mal, Micael. Depuis 7 ans qu'ils investiguent, ils ne performent pas. Ils n'ont toujours pas la moindre piste. Tu comprends ce que ça veut dire ?

Police partout, justice nulle part, soupira Micael. Il avait mis un certain laps, mais il avait fini par pénétrer qu'en France aussi, la gangrène touchait toutes les strates du pouvoir.

— Je regrette, Louison…

— Ne regrette pas, Micael, parce que tu vas le faire.

— Comment peux-tu en être si sûr ?

— Je peux te procurer ce que tu désires le plus au monde en ce moment.

— Une baignoire avec deux blondes dedans ?

Les yeux de Louison Touletemps clignèrent.

— Je peux te donner accès aux comptes secrets de Goest et Ebba. Tout est là, ajouta Louison en indiquant du menton son vieux PC Amstrad 700 de la Caisse d'Épargne. Résous l'énigme, Micael, et tu auras le scoop de l'année.

SILVETH SALAMALANDER SORTIT de la quincaillerie à 01 h 57. Roland Vézère lui remit la clé qu'elle était venue chercher quelques heures plus tôt.

— C'est offert par la maison, dit-il en lui tendant le petit sachet de plastique.

— Pas question, refusa-t-elle catégoriquement.

En Suède, 89 % des femmes abusées refusent les petits cadeaux de leurs agresseurs, se souvint-elle.

— C'est combien ?

— 2,60 euros.

— Tiens, voilà 3 euros. T'as qu'à garder la monnaie.

— Pas un mot à la Police, sinon je te fais passer devant un expert psychiatrique suédois.

À cette idée, Silveth frémit. Elle regagna les Tilleuls, avala un thermos serré avec une omelette au caribou et une assiette de harengs à la confiture d'airelles puis déballa la petite clé et se mit aussitôt au travail. Elle possédait le don rarissime de visualiser dans l'espace les schémas les plus abstraits et l'assemblage ne lui prit que quelques heures. Au milieu de la nuit, elle avait terminé.

— Si les experts voyaient ça…, ricana-t-elle en contemplant son œuvre. J'ai hâte que Micael l'essaie, ajouta-t-elle avec volupté, avant de s'effondrer dans le sommeil.

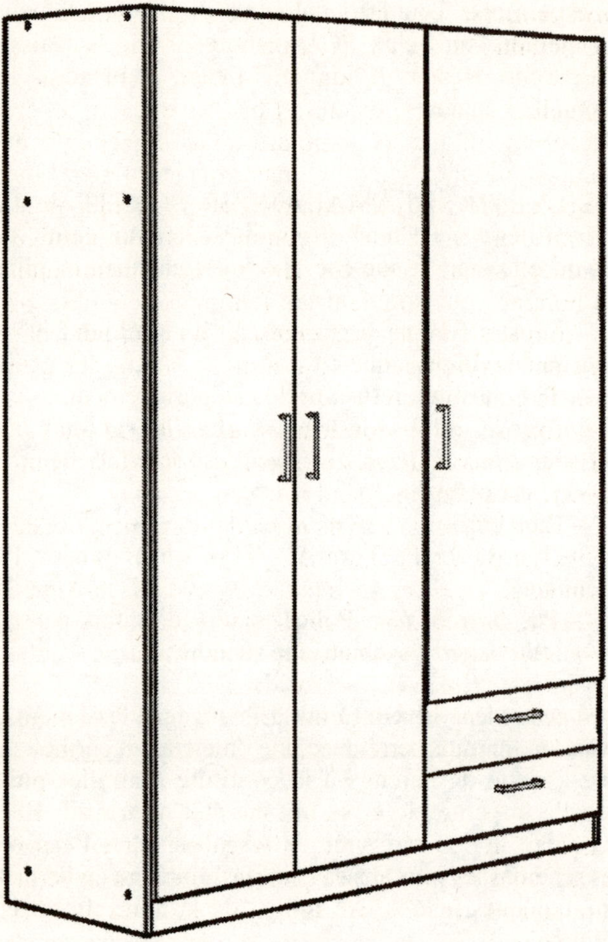

APRÈS QUE IL avait fini son rendez-vous à la banque, Micael se sentit revivre en dirigeant l'air parfumé du soir dans ses voies respiratoires. Tout à son soulagement, il se surprit sur le fait de chantonner *Le Pasteur incestueux de Göteborg*, lorsqu'il perçut une voix féminine juste à l'arrière de lui.

Quelques jours plus tôt, Lou-Anne avait repéré Micael au village. Il semblait suivre un couple de Suédois qui possédaient un mas dans le village. Lou-Anne était le genre de femme qui n'aimait pas les hommes qui aimaient les femmes qui aimaient les hommes. Micael aimait-il les femmes qui aimaient les hommes qui aimaient les femmes ou préférait-il les hommes qui n'aimaient pas les femmes mais aimaient les hommes ? Elle n'allait pas tarder à en avoir le cœur net.

— Excusez-moi, Monsieur. Vous auriez du feu ?

En se retournant derrière soi, il découvrit la femme qui était à la banque quand il y était aussi.

— Désolé, je n'ai jamais ni bidon d'essence, ni allumettes sur moi, plaisanta-t-il.

Un éclair de haine traversa les yeux de Lou-Anne à la vitesse d'un courant d'air dans un palais.

— Dommage, j'avais quelques informations sur la disparition du père Plasson à partager.

— Comment savez-vous que ?...

— Suivez-moi.

EN SE RÉVEILLANT, Silveth se mit en petite culotte pour réfléchir. Elle portait des traces de strangulation et un T-shirt trop large où était écrit « *N'engueulez pas le patron, la patronne s'en charge.* »

Décomposition des effets en causes, se dit-elle. La bonne vieille méthode.

À 11 h 30, elle sortit de la Résidence-Hôtel des Tilleuls et régla sa note. Un taxi l'attendait. Elle s'engouffra à l'intérieur, mit une perruque et, après un tour de village, se fit déposer à la Résidence-Hôtel des Tilleuls où elle s'enregistra sous l'identité de Véronique Bonjour, professeur de français en cure de sommeil. Arrivée dans sa chambre, elle fit déborder la baignoire, appela la réception et enfila une perruque rousse puis sortit par une issue de secours. Elle descendit à pied au camping de la Glavoise où elle loua un canoë. Dès qu'elle fut à l'abri des regards, elle enfila une perruque blond platine sur les deux premières puis amarra le canoë dans un fjord désert. Elle se dirigea ensuite vers l'agence de la Caisse d'Épargne où elle avait pris rendez-vous sous le nom d'Irina Irinescu. Elle présenta un passeport roumain parfaitement en règle et ouvrit un livret A, sur lequel elle déposa le plafond légal en coupures de 50 euros numérotées, ainsi qu'un Quadretto à 3,5 % net d'impôts sous le numéro 1453 7864 39087. Une demi-heure plus tard, de la terrasse du Café des Platanes, elle composa un numéro de téléphone à 20 chiffres. La connexion Ethernet *via* modem intégré mit quelques secondes à franchir les relais satellitaires jusqu'aux îles sous le vent où une subroutine anodine au sein de millions de lignes de programmation en Cobol activa un software de gestionnaire de compte virtuel générant un programme inverse qui composa à son tour l'adresse IP d'un serveur miroir dans une arrière-cour de Shanghai. En dix minutes, elle avait créé une soixantaine de comptes gigognes en actions nominatives au porteur, cent *junk funds* de subprimes plusieurs fois retitrisés et placé le reste en actions dans le fond secret « Wild & Juicy » de Bernard Madof. Bien entendu, les comptes en actions s'autoalimentaient par débords des précédentes lignes de placements. Dès que la commande fut validée par retour de porteuse démodulatrice, Silveth raccrocha, avala la carte SIM et jeta le téléphone dans les WC à la turque du café où elle enfila une nouvelle perruque, très brune, à chignon. En sortant des toilettes, elle rit très fort en tapant des pieds comme une Espagnole pour se faire remarquer des clients attablés puis elle ouvrit un banal Motorola 670 ST qui avait la particularité de contenir, dans un espace dédié de sa RAM, un code source de quelques gigas qu'elle envoya aux îles Caïmans. Dès qu'elle reçut en écho les premières notes de l'Eurovision qui confirmait la bonne initialisation de l'opération, elle raccrocha deux fois et descendit à pied la rue Carnot jusqu'à la maison de la presse où elle demanda à user le poste Internet en libre service. La connexion était lente (moins de 2 Mbytes). Elle prit 7 minutes de retard sur son planning en essayant d'ouvrir un fichier powerpoint envoyé par une collègue de bureau qui contenait une série de photos de montagnes accompagnées de maximes sur la sagesse de la vie. Elle vida sa boîte mail de tous les spams provenant de rueducommerce.com, mit à jour son statut sur Twitter et consulta quelques sites dont elle pirata les adresses IP. Quand elle eut découvert ce qu'elle cherchait et expédié une douzaine d'e-mails, elle frappa par erreur « ctrl+alt+suppr » sur le clavier. Le système lui demanda si elle voulait vraiment ouvrir le gestionnaire des tâches. Elle répondit « non », revint sur son navigateur où elle téléchargea un virus ukrainien qui reformata le disque dur de l'ordinateur. Avant de sortir, elle fixa quelques secondes la caméra de vidéosurveillance, fouilla dans son sac à la recherche de monnaie et laissa un énorme pourboire de 700 couronnes, 50 öres et 20 sküds à la patronne de la maison de la presse qui la dévisagea avec attention. Dissimulée derrière ses lunettes de soleil, elle alla régler sa chambre aux Tilleuls puis passa devant la Quincaillerie

Vézère. Le rideau de fer était levé et elle adressa, du fond de sa poche, un doigt d'honneur dans sa direction. Arrivée sur les berges de la Glavoise, elle remonta dans son canoë, alla se changer derrière un rocher et brûla avec du feu ses perruques et ses accessoires. *Il n'y a plus qu'à attendre*, se dit-elle. *Je vais me baigner avant que l'eau ne se réchauffe et puis j'irai voir ce que devient Micael.*

MICAEL BOULKSHITT SOUFFRAIT ignoblement. Il était nu comme un Suédois au cap d'Antibes, étendu sur le dos, des menottes aux pieds, des chaînes aux poignets, des fourmis dans les jambes… Il sentait douloureusement tous les endroits où on l'avait piétiné, tordu, pincé, mordu, titillé… Il lui semblait qu'il s'était assoupi dès la troisième page de la séance de torture. Assise devant lui, Lou-Anne avait les cheveux défaits, les yeux battus, la mine blême. Pour tout arranger, en décrochant Micael du plafond afin de le sangler sur le lit, elle s'était cassé un ongle. Micael essaya de parler. La souffrance le fulgura et il revint complètement à lui. Quand il découvrit ce qui l'entourait, une terreur glaciale lui transperça l'abdomen.

SILVETH SALAMALANDER PRIT un sandwich léger après qu'elle avait fait sa baignade. Puis elle dormit deux heures et sortit de l'hôtel des Tilleuls à 16 h 17. Elle avait repéré sur mappy.fr le gîte où se trouvait Micael et avait décidé de lui rendre une visite surprise. Bien qu'il soit beau, honnête et intelligent, elle se sentait attirée par lui et elle avait des scoops explosifs à lui donner à propos des deux Suédois qu'il traquait.

En passant devant la Quincaillerie Vézère, elle sourit en imaginant la tête du quincailler quand il découvrirait que les photos de la nuit précédente circulaient déjà sur le blog spécialisé de la Gendarmerie : sex-crimes.interieur.gouv.fr.

IL TIRA SUR ses menottes, ses chaînes, ses cordes, ses contrepoids sans parvenir à se libérer. Son seul espoir, désormais, c'était d'essayer de gagner quelques minutes. *Je dois me rappeler qu'elle est irrationnelle : elle porte des mules à talon pour se servir d'une pince crocodile.*

— Espèce de malade ! hurla-t-il.

— Pas la peine de t'égosiller, nous sommes au fond du verger, dans mon cabanon secret. Personne ne peut t'entendre.

— Alors comme ça, tu n'aimes pas les hommes, hein ?

— Inutile de t'exciter, je n'aime pas les femmes non plus.

Micael réalisa soudain que quelque chose clochait. Depuis qu'il faisait chuter des gouvernements suédois, c'était la première fois qu'il n'y avait pas de scène lesbienne dans son enquête.

— Et la Police ? essaya-t-il.

— Je ne suis pas branchée uniformes mais un commissaire en civil, je ne dis pas non.

— Je veux dire : pourquoi personne ne se plaint-il à la Police ?

— La loi du silence... Ça arrange l'Office du tourisme.

Il frissonna. *La pourriture est partout, Micael.*

Lou-Anne avait saisi un couteau à désosser les rennes.

— Bon, si je ne veux pas finir en « une » du *Svenska Dagbladet*, sourit-elle, il faut que je m'occupe de toi.

Allons, fais un dernier vœu, Micael, c'est fini maintenant…

— Tu ne crois pas si bien dire, dit Silveth dans son dos.

ATTABLÉS AU CAFÉ des Platanes, Micael Boulkshitt et Silveth Salamalander sirotaient un thermos en terrasse. Silveth avait mis un T-shirt propre et Micael s'était lavé les cheveux.

— Vas-tu enfin me dire où tu étais passée ? demanda Micael. Ça fait 780 pages que tout le monde te croit morte.

— Après mon coma dépassé, j'ai eu besoin de faire le point. Mais je ne reviens pas les mains vides, Micael. Et c'est ça qui compte, non ?

— Nous aussi, ça compte, Silveth. Quand nous en aurons fini avec la gangrène suédoise, je te jure qu'on ira tout nettoyer en Norvège, rien que toi et moi. Qu'as-tu découvert ?

— Goest et Ebba Carlsson, ça te dit quelque chose ?

— Bien sûr, ce sont les deux enflures qui couvrent Magnus Oloffson, le ministre des Affaires étrangères que je dois pousser au suicide pour *Milliardium*.

Silveth regarda Micael, sembla hésiter une seconde puis se décida à parler :

— Oublie-les, Micael. Ce sont des leurres.

— Quoi ? Tu délires, Silveth !

— Une idée de ta patronne, Rika Lewis, pour t'éloigner de Stockholm et du journal. Pendant que tu perdais ton temps dans ce trou, elle a vendu *Milliardium* à Rupert Murdoch et fait désinfecter ton bureau. Les annonceurs rappliquent en masse.

— Alors, cette fois, c'est bel et bien fini, murmura Micael en se mordant les joues.

— À moins que…, sourit énigmatiquement Silveth en allumant une cigarette avec une flamme.

— À moins que quoi, Silveth ? demanda Micael, incrédule face à ce qu'il allait entendre après ce que Silveth allait lui avoir dit.

— Avec l'argent de la vente de *Milliardium*, Rika a acheté des milliers d'actions pour profiter de la reprise. Alors j'ai créé quelques comptes offshore, reliés entre eux par un petit logiciel « boule de neige » de ma fabrication. Si tout va bien, ce programme devrait générer la plus grave crise financière de tous les temps. Les crashes de 1929 et de 2008, à côté, ressembleront à des contes de fées.

— Génial ! Elle va perdre beaucoup ?

— Dans les 165 %. Comme le Dow Jones et toutes les bourses mondiales.

Tous deux éclatèrent de rire.

— Comment te remercier, Silv' ?

— Te fatigue pas, Mic'. C'est une simple question d'éthique. Mais tu l'aimes encore, malgré tout, n'est-ce pas ? demanda-t-elle en soufflant la fumée de dedans ses narines.

— C'est compliqué…

— Aussi compliqué que cette histoire de disparition du père Plasson ? demanda Silveth avec un promettant sourire sur sa face.

— Ne me dis pas que tu as aussi résolu ce mystère… incrédulisa Micael.

— Presque…, souffla Silveth avec sa fumée. Tu sais que je suis *friend* de Vladimir Poutine sur Facebook. En mettant à jour mon faux profil d'Angela Merkel, j'ai découvert une photo de Courtonac sur le *wall* d'un haut dirigeant de la mafia russo-suédoise de l'énergie.

— Tu veux dire que ?…

— Exactement ! Le père Plasson avait découvert que le village allait être englouti sous un barrage hydro-électrique. C'est ça qu'il voulait annoncer aux habitants de Courtonac, juste avant de disparaître…

— … le jour de l'assassinat d'Olof Palme. Dire que j'avais tous les éléments sous le nez, constata Micael, mi-amer, mi-admiratif face à la perspicacité de Silveth.

— J'ai jeté un coup d'œil à la fiche confidentielle d'Olof sur FBI.com, poursuivit Silveth : il n'a jamais voulu donner son feu vert à ces pourris. Ça lui a coûté cher…

— Il y a quelque chose qui cloche, remarqua Micael. Tout cela se passe il y a longtemps. À cette époque, la directive européenne « Électricité sans limites » permettant à une entreprise suédoise de noyer un village de la zone euro n'avait pas encore été adoptée. Tu crois que ?…

— C'est la seule option, Micael.

— C'est énorme, Silveth.

— Moins qu'un barrage, Micael. Réfléchis, en ce temps-là, on ne pouvait rien engloutir sans l'accord des autorités locales.

À ce mot, Micael crispa les mâchoires.

— Donc quelqu'un était chargé de faire l'intermédiaire entre la mafia et la Préfecture…, déduisit Micael. Mais qui ?

— Je te dirai peut-être ça ce soir, si tu me fais bien l'amour. J'ai une surprise pour toi…, gloussa-t-elle d'excitation.

— Combien ?

— Trois portes et deux tiroirs. J'ai fini de l'assembler la nuit dernière. Elle est superbe et je sens qu'on va bien s'amuser.

— J'apporte les cintres et les sandwiches, promit Micael en rougissant un peu.

– *IV* –

Patrick Modiamo

Hôtel obscur des amnésies perdues

*

Le kiosque à journaux a été démoli. Face au cinéma Le Royal, le Café de l'Univers est à vendre. Longtemps, il a eu pour propriétaire Paul Lepiche, « un ami du Maréchal » comme on disait dans ces années-là, avec comme un sous-entendu dans la voix. Les après-midi d'été, les hommes se réunissaient par groupes de quatre ou cinq. Sous les parasols vert passé de la terrasse donnant sur la rue Carnot, ils s'attablaient devant des Dubonnet. Une poudre dorée pleuvait des tilleuls. L'orangeade tiédissait dans de grands brocs fêlés pendant qu'on jouait à la bataille. À l'intérieur, les femmes se dévisageaient en silence en tricotant des gants. J'aimais m'asseoir à l'ombre et regarder le temps user sans bruit mes mocassins à semelles de crêpe. Il me semblait que le pied gauche se consumait plus vite que le droit. Je réfléchissais sans hâte à ce mystère en attendant que mon père donne le signal du départ. Coup de menton et regard de chien-loup. Il gagnait toujours et, quand il se levait enfin, un soulagement presque tangible envahissait tout l'Univers. D'autres jours, je dessinais des chaussures en observant les cercles luisants laissés par les verres des buveurs s'évaporer dans la touffeur des après-midi perdus. Grenadine et poussière.

*

La rue Carnot à Courtonac. Quand je la descends aujourd'hui, je repense à ce qu'elle fut hier. Pourtant, hier, en la remontant, je ne pensais pas à ce qu'elle serait aujourd'hui. Si le temps a un sens, c'est donc toujours le même. Après vient toujours avant. Ensuite, il y a pendant. Enfin, il y a après. Le présent, lui, arrive plus tard. Trop pour être du passé. Pas assez pour être du futur.

Voilà ce que j'ai appris, au cours de mes étés à Courtonac, à la terrasse du Café de l'Univers.

Le passé puis le présent mais jamais après le futur. Fût-il antérieur.

*

L'unique salon de coiffure de Courtonac appartenait à Yvette Vasseur. Cheveux courts blond cendré. Blouse en nylon. Et ce parfum de linge bouilli, que je retrouve, les soirs d'hiver, quand j'entre me réchauffer au Lavomatic à l'angle du boulevard Barbès et de la rue Damrémont. Yvette accordait un tarif spécial aux clients de l'Hôtel des Tilleuls, le calme établissement pour voyageurs de commerce à bout de fatigue où mon père louait pour moi une chambre sous les toits. Chaque année, au milieu du séjour, il prélevait un billet d'une des liasses qui dépassaient de son matelas. Il me le tendait sans un mot et je savais – où et comment avais-je appris ce muet langage père-fils ? – que je devais aller me faire couper les cheveux.

Yvette m'accueillait de son sourire usé par des années de courtoisie provinciale :

— La boule à zéro, comme l'année dernière ?

— Gardez-en un peu sur le dessus, cette fois.

Elle n'écoutait pas. Elle sortait rêveusement son rasoir à fil électrique. Un Manufrance gris, fendu sur le côté. Elle tondait, avec une tendresse distraite, mon crâne d'adolescent trop frêle et trop pâle.

Face à nous, le lac immobile du miroir nous regardait en silence. Je comptais les taches brunes qui le grêlaient chaque année davantage. Sur l'étendue glacée, une page de carnet collée : la liste des « habituels ». Aujourd'hui encore, il suffit que je me fasse un shampooing Petrol Hann aux œufs pour retrouver ces noms familiers auxquels je me plaisais à inventer des visages.

…

Absi (Christophe) – mardi / 16 h
Debarge (Olivia) – mardi & jeudi / 14 h
Delval (Yvonne) – lundi / 17 h – mercredi / 13 h
Haudiquet (Vincent) – mardi & samedi / 10 h
Lehut (Bernard) – mardi / 19 h
Martella (Marco) – jeudi / 15 h
~~Père Plasson – jeudi 18 h~~

…

Que sont-ils devenus ?

À côté de la liste des clients, une photo aux coins usés. Yvette assise sur le capot d'une Simca 1000 décapotable. Robe rouge. Chapeau de paille. Elle sourit. Près d'elle, un homme en costume sombre, chapeau blanc relevé sur le front ; il fume en regardant ailleurs. Impatience d'en finir. Derrière eux, un bord de mer. Ou un lac glacial en Sologne. Je savais qui était cet homme. Il avait mes oreilles, mon nez, mes lèvres. Mon nom.

Je savais que mon père n'aimait pas les photos. Mais elles, savaient-elles qui était mon père ?

*

Tous les mois de juin, je vidais ma chambre du 28, rue Berlioz. Je faisais quelques malles de mes pauvres affaires : chaussures, embauchoirs, cirage, chiffons, ma gabardine adorée, des 33 tours de Sacha Distel… Je montais dans l'express qui quittait la gare de Lyon à minuit sept. Mon père était déjà à l'Hôtel des Tilleuls pour ses affaires. Je somnolais sur un strapontin dans le couloir des secondes. Mes longues jambes chaussées d'espadrilles montantes gênaient le va-et-vient somnambulique des contrôleurs. Je dormais peu mais j'aimais la cadence de Bal à Jo qu'imposait le balancement des wagons. Et j'étais soulagé de quitter Paris et le docteur Grumberg. Chaque fois que ce vieil ami de mon père me demandait de remettre des valises de médicaments à ses potards, je sentais un poids douloureux se poser sur ma poitrine. Les pharmaciens me fixaient rendez-vous par téléphone chez ma logeuse. ERAM 74 37. Brefs coups de fil, sans chaleur, ni fioritures. Nous nous rencontrions sous les ponts du canal de l'Ourcq ou dans des arrière-cours à Bagnolet. Qui étaient ces hommes aux visages gris et inquiets, portant des modèles de grands chausseurs italiens, toujours si pressés d'en finir ? Mon père était-il « cador du barreau de Paris », comme me l'avait dit l'une de ses cousines à manteau de fourrure qui logeait près de la Madeleine ou appartenait-il à une organisation humanitaire, comme le laissaient supposer les valises de médicaments ? Quand je l'interrogeais, je voyais les poils de sa nuque se dresser dans le contrejour du vieux lampadaire de sa chambre. La 119. À l'Hôtel des Tilleuls.

*

Le passé, simple, composé ou imparfait, n'est que du temps perdu.

Pourquoi vouloir le rattraper ?

Je suis revenu à Courtonac.

La saison vient de commencer. La terrasse du Café des Platanes se remplit un peu plus chaque jour mais l'arrière-salle est déserte. Je trempe sans appétit une tartine au beurre pâle dans un bol de Viandox tiède. La lumière du matin, épuisée par sa traversée des vitres salies, n'arrive ici qu'en rais livides. Je frotte, pour le faire briller, le dessus de mon mocassin gauche sur le dos de ma jambe droite et je la vois. Installée sur la banquette de moleskine, sous le tarif des consommations. Cheveux très blonds tirés en arrière. Cendrier plein. Robe de coton rouge à pois blancs. Chaussures à talons, pointure 37. Trente-huit maximum. Elle se lève et je la suis. Elle descend la rue Carnot dans le sens du temps qui passe et elle sort du village. Après les dernières neiges, la Glavoise devient une paisible rivière qu'on traverse à pied sec au Gué-de-la-Corde. Nous nous promenons dans un décor d'Engadine. Comme sur l'affiche punaisée dans ma chambre de la pension du 37, avenue Trudaine. Code 23 B 76.

Au bord de l'eau, j'ai honte de ma vieille gabardine. Penchés sur la Glavoise, nous touchons l'eau du bout des doigts. Elle propose que l'on se baigne. Je me souviens que je porte un caleçon de laine troué, je l'entraîne plus loin. Elle me demande :

— Vous êtes déjà venu à Courtonac ?

Je remarque un léger accent, un peu guttural. Pas l'accent du romanche que l'on parle à Saint-Moritz. Plutôt un petit vent sec, du nord peut-être, qui rabougrit les labiales et réfrigère les dentales.

— Il y a longtemps. Les étés. Avec mon père.

Je demande :

— Vous êtes suisse ?

Elle rit comme on claque des dents.

— Comment vous appelez-vous ?

Je lui donne mon nom. L'un de ceux que mon père utilisait quand il remplissait les fiches d'identité dans les hôtels. Mon père… Plus le passé s'éloigne et plus les êtres se cernent d'un halo trouble, comme ces auréoles qui s'élargissent sans cesse sur ma vieille gabardine que je n'ai jamais pu ravoir.

— Et vous, c'est quoi votre nom ?

Elle ne me dit pas Couderc, Lebon, Morel, Jacquet, Giraud, Saupiquet, Nicorette, Chavassieux… Mais quelque chose comme Johansson, Karlsson, Eriksson, Larsson, Olsson… Et Britta, son prénom. Comme ces cartouches accrochées aux robinets du Bazar de l'Hôtel de Ville, rue de la Verrerie, dans le premier arrondissement.

*

Il fait nuit. L'express de deux heures vingt-sept a fait trembler la grande verrière du Café des Platanes. Britta doit dormir. Je n'ai pas sommeil. En face, de l'autre côté de la place, sur l'autre rive du monde, la chambre 119 de l'Hôtel des Tilleuls est plongée dans l'obscurité.

Je feuillette le petit carnet que mon père m'a confié, un jour d'hiver, dans le hall du Grand Hôtel de Paris, 27 rue Lambertin-Moinard. Chapelet de noms à la fois inconnus et familiers.

…

Aissaoui Mohammed – 75, boulevard Haussmann
Bouvier Odile – 37, rue de la Tombe-Issoire
Botul Jean-Baptiste – 1 bis, impasse du Gal-Buissière
Crosnier-Leconte Bruno – 12, impasse du Grésivaudan

…

— C'est la liste de tous les pharmaciens, m'a dit mon père. Ne la garde jamais sur toi. Si tu étais victime d'un accident nocturne et qu'on fouille tes poches…

Voile d'inquiétude sur son visage las.

— Il ne m'arrivera rien.

— Quand tu seras à Courtonac, va trouver le maire et remets-lui cette valise de médicaments.

— Y a rien qui casse ?

Crispation de sa mâchoire.

— Rendez-vous aux Tilleuls. Chambre 119.

Ce soir, au Café des Platanes, je parcours une nouvelle fois cette liste de noms que j'ai remise à la Police pour les aider à retrouver mon père.

…

Girard Eliane – 26, boulevard Murat
Krenzer Michel – 26, rue des Blancs-Manteaux
Pagès Frédéric – 73, rue du Faubourg-Saint-Honoré
Peras Delphine – 12, allée du Mont-Cenis

…

Que sont-ils devenus ?

*

Pourquoi ai-je repris ma chambre sous les toits à l'Hôtel des Tilleuls ? L'air est si plein des odeurs du passé qu'il me semble que les draps n'ont pas été changés depuis ma jeunesse. Pourtant, le vieil établissement est devenu une Résidence-Hôtel aux spacieux appartements. Ma chambre a été rénovée. On a payé des hommes pour y effacer mon passé. Mes rêves d'adolescent. Mes amours. Françoise Arnoul, Eddie Constantine, Danny Carrel, Luis Mariano, Martine Carol… Que font-ils en ce moment ?

Une petite salle de bains a été installée. L'eau de la douche y est glacée. Je pense à mon père. À la chambre 119 où il recevait ses amis. Des Russes et des Suédois. Le sous-préfet aussi, parfois. Tous, ils se penchaient gravement sur des plans. Les nuits passaient. Il y avait souvent un ingénieur italien. Taciturne. Gros cigare. Bottines sur mesure. Eau de toilette. Et des secrétaires, cousines éloignées de mon père, assises sur les genoux des hommes qui travaillaient. L'une d'elles était ma marraine. Noémie Labouche. Confortable rousse à l'odeur d'Antésite. Le matin, quand tout le monde était parti, elle vidait les cendriers, me réveillait et m'envoyait finir ma nuit là-haut, dans ma chambre sous les toits. Dans le petit matin, je regardais les toits de l'Esclafade scintiller au loin et les ronces engloutir peu à peu le moulin abandonné du Père Plasson. Mon père savait-il ce qui était arrivé au meunier ?

*

Britta m'a présenté ses parents. Son père est un dignitaire suédois. Cheveux châtains. Des yeux bleus. La mère de Britta nous a préparé des sandwiches et des thermos et nous sommes descendus nous baigner dans la Glavoise. Britta porte un maillot à rayures acheté à Pondichéry. Mon slip de bain est trop étroit. Je reste sur la berge, enveloppé dans ma gabardine. Elle pousse des cris pour m'inviter à la rejoindre. Je rêve à des paquebots en me disant qu'un jour tout cela sera du passé.

*

La patronne de l'Hôtel des Tilleuls s'appelle toujours Yvonne Delval. Elle nous regarde, Britta et moi.

— On peut savoir ce que vous comptez faire là-haut tous les deux ? Jouer au cirque Pinder ?

Images de piste aux étoiles en noir et blanc. Roger Lanzac. Veste à paillettes. Poches sous les yeux. Trapèze volant. Roulement de tambour. Je rougis.

— Si vous empêchez les voyageurs de commerce de se reposer, je serai obligée d'en parler à votre père.

Sait-elle où est mon père ?

Nous passons l'après-midi au lit. Après le dîner, comme chaque soir, un accordéon prélude. Au milieu du trottoir, les passants s'arrêtent et reprennent en chœur le refrain que tout le monde sait par cœur.

Vers la nuit, l'orchestre de la place commence à jouer. Nous écoutons, apaisés, monter jusqu'à nous les airs anciens. Je la regarde de dos. Elle doit avoir entre 19 et 59 ans. Je n'ai jamais su donner d'âge à ceux que j'aime. Elle fume des cigarettes à la fenêtre. L'orchestre fait une pause. Suspension du temps. En face, à la terrasse des Platanes, à l'écart, un homme. Costume gris et chapeau. Il parle à une fille rousse très maquillée. Elle porte un manteau de fourrure malgré la saison. Elle retourne ses poches. Il frappe le sol de son pied droit.

— Cet homme, c'est ton père ? demande Britta.

Elle fume des Stuyvesant rouges et je frissonne. Elle me dit :

— Tout le village dit qu'il est revenu, qu'il a des projets. On l'a vu mesurer des terrains.

Je regarde les pieds de l'homme chaussés de mocassins blancs. Mon père a toujours eu des projets et de belles chaussures.

Elle se tourne vers moi.

— Tu ne le reconnais pas ?

— Je n'ai pas la mémoire des visages. Le chapeau me dit quelque chose. Je ne l'ai pas revu depuis la disparition du père Plasson. Après, on est venu le chercher.

Une fille brune et très maigre, robe de soie rouge, chante des calypsos entêtants dans une lumière bleu de Prusse.

— Tu crois qu'il va réussir à le faire, son barrage, cette fois ? demande Britta.

— Ne crains rien. Le passé ne se laisse pas engloutir. Même noyé, il finit par revenir à la surface.

— Comme ton père ?

Je prends sa main et il me semble qu'elle tremble. Elle soupire encore :

— Cet été, il se passe des choses étranges à Courtonac. C'était comme ça, avant ?

— Je n'ai pas la mémoire des choses passées. Il me semble que c'était calme et qu'on n'avait pas le Wifi dans les chambres.

Elle serre ma main plus fort.

— Tu vois ce type blond qui fait semblant de lire le journal ?

Je repère l'homme, assis sur un banc devant l'agence de la Caisse d'Épargne. Il semble attendre un funiculaire qui ne passera jamais.

— C'est Micael Boulkshitt, un reporter. Très connu dans mon pays. Cela fait des jours qu'il surveille mes parents. Et il y a aussi cette fille très maigre, la chanteuse…

J'observe la fluette diva à robe rouge. Une mèche blonde dépasse de sa perruque noir de jais.

— Suédoise, elle aussi. Elle habite aux Tilleuls. Pirate informatique, je crois. Elle et le type se connaissent.

À cet instant, Yvonne Delval, la patronne des Tilleuls, arrive devant l'homme aux mocassins blancs. À la façon qu'il a de lui passer la main dans le bas du dos, je reconnais mon père.

*

L'été, Lou-Anne Gordini, propriétaire de La Buissonnière, donne des fêtes dans sa propriété. Britta a insisté pour laver ma gabardine dont j'ai remonté les manches. J'ai passé un pantalon blanc cassé qui s'accorde avec ma casquette de flanelle. Mocassins de daim râpé qui laissent respirer le cou-de-pied, s'il faut danser. Toutes les portes-fenêtres sont grandes ouvertes. J'avance, Britta tient mon bras. Mon père sera-t-il là ?

On m'a dit qu'il a repris la 119 mais je ne l'ai pas revu depuis l'autre soir.

Devant le buffet, nous prenons notre tour. L'existence n'est-elle pas ce défilé de gens qui attendent sans savoir quoi ? Tous, nous espérons découvrir où nous sommes et pourquoi. Mais il manque un repère. Un point fixe. Une carte du Loir-et-Cher.

Britta ôte ma casquette en riant et s'en sert comme d'un éventail.

— Vous êtes en vacances ?

Lou-Anne m'observe, longs cheveux parfaitement démêlés. J'ai honte de ma coupe au bol. Dans ses gestes, dans sa façon de me regarder comme le ferait un chow-chow neurasthénique, on devine qu'elle est sous l'emprise d'une impérieuse mélancolie.

— Je suis à l'Hôtel des Tilleuls.

— Comme votre père. L'homme au chapeau dont on parle tant au village. Comment s'appelle-t-il, déjà ?

J'hésite quelques secondes. Une trace d'ironie traverse le calme ovale de son visage.

— Ne cherchez pas. Je comprends. Je l'ai rencontré. Une histoire de terrain…

Je lui suis éperdument reconnaissant. Qu'aurais-je répondu si elle avait insisté pour connaître mon nom ? Celui auquel je tiens le plus est Lagache. Ou Laclanche, je confonds toujours. Il figurait sur ma carte d'étudiant et me permettait de manger au restaurant universitaire du 31, rue Geoffroy-Saint-Hilaire, dans le Ve arrondissement. Voilà, je m'appelle Laclanche. Ou Schönberg, à la piscine Pasteur. Ou Ducros, au 30, rue du Poteau.

— Mon mari aussi est dans les affaires.

— Il vous demande de livrer des valises ?

Elle éclate d'un rire un peu fou.

— Ce serait amusant que nous dînions tous, un de ces soirs.

Britta n'est plus à mes côtés. J'écoute Lou-Anne me décrire la restauration de la ferme des Peyroudes. Près de la pyramide des cakes salés, je croise Odile Bouvier et Simon Boivin. Impression fugace qu'ils sont en train de parler de moi à un homme, immobile comme un buste d'Antonin Mercié. Où les ai-je déjà vus ? Sur une liste de pharmaciens ? Au village ? À la piscine Pasteur ? Louison Touletemps et sa femme, Jeanne, me foudroient du regard. D'autres m'évitent ou hochent la tête. Tous me reconnaissent. Comment savent-ils qui je suis alors que je l'ignore ?

*

Les souvenirs de la fête à La Buissonnière s'estompent comme se délitent les langues de chat que je trempe dans la camomille, les soirs d'hiver, aux comptoirs de la rue des Cannettes. Je revois des saladiers en bois. Des torchons noués. Des kilims jetés. Des sorbets cassis. De temps en temps, un rire de femme. Un éclat de voix masculin.

J'ai retrouvé Britta. Je m'apprête à l'enlacer lorsque je sens qu'on me tire par le bras. Lou-Anne m'entraîne. Lou-Anne me sourit. Lou-Anne veut me faire visiter son cabanon. Loin de Britta, je respire un air dangereux et frais comme de l'éther. Je la suis comme on suit un chemin.

*

Ma mémoire a des trous. De grands trous. Sans cesse plus profonds. Noirs comme ces mystérieux corps célestes si denses qu'aucune lumière, aucun son, aucun vélo rouillé, aucun air d'accordéon, aucun lacet cassé, aucune bille de verre, ne peut s'en échapper.

Il y a dans ma vie des déchirures de l'espace-temps, aussi obscures et mystérieuses que le cabanon de Lou-Anne à La Buissonnière.

J'y pénètre après elle. J'ai déjà vécu pareil moment de crainte et de désir mêlés, un soir de soldes, dans un magasin de chaussures du boulevard Ney. J'avais repéré des brodequins à semelle cousue main et je tremblais qu'on n'eût pas ma taille. La vendeuse, une ancienne meneuse de revue au Shéhérazade qui avait pris du poids, m'avait convaincu de prendre plutôt des mocassins. J'avais accepté. Depuis, je souffrais d'un frottement secret au niveau du cou-de-pied.

*

La dernière fois que j'ai vu mon père, c'était aux Platanes. Un beau matin, lumineux et propice aux départs. Sur l'autre côté de la place, les couleurs neuves de la Résidence-Hôtel des Tilleuls claquaient dans la lumière. Aux Platanes, les néons grésillaient dans l'air gris de l'arrière-salle.

Devant le café, un fourgon bleu et cet homme, immobile et droit comme un personnage d'Alfred Agache, qui regarde sa montre.

En consultant la mienne, je découvre qu'elle est arrêtée. Comme le temps dans un trou noir. Je passe au présent de narration.

*

Mon père m'a rejoint dans l'arrière-salle des Platanes. Il porte un manteau sombre sur une veste en fil d'Écosse bleu nuit.

— Tu es revenu aux Tilleuls ? Tu aurais dû me le dire.

— Récupère les plans et les valises que j'ai laissés dans la 119. Garde-les jusqu'à mon retour.

D'un coup du menton, il me désigne le fourgon et l'homme qui l'attendent. Il me tend un bout de papier sur lequel il a griffonné : « En cas d'urgence, PASSY 76 45 ».

— Tu n'as pas de portable ?

Il passe sa main sur son visage las.

— C'est toi, mon père ?

Il lisse ses cheveux.

— Qui est ma mère ?

Il allume une Gitane.

— Quel âge j'ai ?

Brève contraction de la joue.

— Ma gabardine, d'où elle vient ? Je dois en changer et je n'arrive pas à retrouver ce modèle.

Il vide la soucoupe de pistaches dans sa poche et fait signe à la serveuse que les consommations sont pour moi. Il me regarde enfin.

— Il faut que j'y aille, Maurice.

— Maurice ? Mais j'ai dit à tout le monde que je m'appelais Patrick.

Il souffle la fumée en direction des vitres sales et il sort.

Je murmure, pour moi seul :

— Donne-moi au moins l'heure.

*

Il monte dans le fourgon qui démarre aussitôt. Sur l'autre côté de la place, je vois la fille suédoise si maigre sortir des Tilleuls. Elle se dirige vers la quincaillerie Vézère. Derrière elle, il me semble reconnaître Yvonne Delval. La fille presse le pas. Yvonne Delval aussi. Elle accélère encore. Yvonne Delval se met à courir.

– *V* –

Muriel Burbery

L'Élégance du maigrichon

*

Courtoisie

La question « qui suis-je ? » admet-elle une réponse exacte ? Je me prénomme Yvonne. Depuis les années soixante-dix, je suis la directrice de l'Hôtel des Tilleuls. À l'origine, un petit « deux étoiles » avec douche sur le palier. Aujourd'hui, une Résidence-Hôtel offrant, aux quatrième et cinquième étages, les commodités de deux « appartements de charme ». Je suis laide, longiligne, trop raide, habillée comme Michèle Alliot-Marie, hebdomadairement chignonée de près par Yvette Vasseur, peu amène avec la clientèle, pincée et, à en croire certains regards interdits, intrusive et cassante. Conséquemment, on m'apprécie fort peu mais on s'accommode toutefois volontiers de cet état de fait, tant il correspond *ab hoc et ab hac* à l'idée immanente qu'un certain sectarisme social, que je qualifie volontiers d'épizootique eu égard à sa propagation au sein des troupeaux panurgiques qui traversent en bêlant les longs mois de villégiature, se fait de la petite patronne de droite d'un hôtel de province français. Et puisqu'il est établi, une fois pour toutes, que lesdites propriétaires d'hôtel sont illettrées et sécuritairement préoccupées, j'ai cru bon de parachever ma conformité sociotypique au moyen d'un doberman irascible et d'un abonnement à *Télé Z*.

Tout cela a été résolu par moi, il y a presque cinquante ans. Depuis, je m'efforce d'être aussi désagréable que possible avec mon prochain et, s'il a le malheur de se trouver au nombre de mes clients, je majore furtivement ses additions. Pour parfaire mon camouflage, j'ai disposé un détecteur de présence à la réception de l'hôtel. Qu'un visiteur y pénètre et mon téléviseur s'allume *illico* sur la chaîne AB Moteurs tandis que mon poste de radio se met à diffuser Radio Courtoisie, le volume sonore des deux récepteurs étant préalablement réglé de façon à tonitruer de concert, accréditant ainsi l'idée que je suis non seulement amatrice du pays réel et de sports mécaniques vulgaires mais, de surcroît, frappée de presbyacousie symétrique, cette surdité feinte présentant l'avantage de pouvoir faire répéter *ad libitum* à mes interlocuteurs dont j'ai remarqué que l'aménité décroit proportionnellement au nombre de redoublements de leurs requêtes, leurs insignifiantes paroles.

Mon image de directrice réac ainsi consolidée, moi, claquemurée dans ma tanière secrète où règnent une curiosité et une appétence sans limite pour la Connaissance, la Citoyenneté, la Révolution numérique, le Design, la Biodiversité, les métiers de l'Écrit, les Obama, la Bioéthique, le Hip-hop, la photographie, les Installations, la Fureur de Lire, le Jeune Cinéma, l'Intelligence, la Fête des Jardins, le Web 2.0, les Rétrospectives Konchalovsky… je laboure sans hâte le champ des possibles et me cultive sans relâche.

Idée forte n° 1
Le poisson rouge
Se noie dans l'océan.

Le désir peut-il se satisfaire de la réalité ? On nous rabâche qu'entre la naissance et la mort, il y a la vie. C'est le plus grand mensonge que je connaisse. Pourtant, l'humanité fait semblant d'y croire depuis toujours. À commencer par ma famille. Mon père travaille dans les « assurances vie », sans voir évidemment en quoi cet intitulé est, en soi, un oxymore métaphysique. Ma mère est journaliste et aussi bête qu'une enseignante et les conseils en « style de vie » qu'elle dispense à longueur d'articles ne l'ont pas empêchée de divorcer de mon père. Même si je plains ce dernier pour sa vie aussi dénuée de transcendance que d'intérêt, je pénètre assez bien, sans complètement les excuser, les raisons de son départ et, conséquemment, de notre abandon.

Ma sœur, non contente d'être une fille, s'appelle Bergamote. Ce n'est pas de sa faute, j'en conviens volontiers, mais force est de constater qu'elle est aussi abrutie que si elle était née du croisement entre une orange amère et une lime, ce qui, de mémoire, est la définition que donne Dioscoride de la bergamote dans son *De materia Botanica*. Quant à moi, je m'appelle Origan, j'ai douze ans et je suis en vacances à Courtonac, avec ma mère et ma sœur, dans un appart'hôtel de charme pour crétins urbains en mal d'authenticité retrouvée.

Comment ne suis-je pas dupe de la mystification générale ? Pourquoi y a-t-il quelque chose plutôt que rien dans ma tête ? Tout simplement parce que je suis extraordinairement intelligent.

Rien de perceptible à l'œil nu, toutefois. Comme un poisson rouge immergé dans un océan de bêtise, je joue à la carpe ordinaire en essayant de ne pas me noyer. Pour dissimuler ma monstrueuse intelligence, je feins d'être aussi stupide que tout le monde : je regarde *Intervilles* et je joue à la Nintendo DS. Mais j'apprends le japonais en cachette et j'ai pris une grande décision : abréger dès que possible cette illusion cruelle *(sakkaku)* qu'un destin aussi stupide que la clientèle des Tilleuls a emprisonnée entre ma naissance et ma mort.

La patricienne

Le langage ne sert-il qu'à communiquer ? Si j'omets mon chien, que j'ai baptisé Prolégomènes en un clin d'œil secret à Jean-François Kahn, ma seule amie véritable s'appelle Marigona. Tous les matins, quand elle a fini de faire les chambres, elle frappe à ma porte. Malgré sa blouse bleue, ses bottes en caoutchouc jaune et son prénom de chanson paillarde, elle sait rester gracieuse et élégante.

— Les riches ne réussiront jamais à me faire perdre ma dignité, dit-elle en sortant de son sac de l'armée albanaise un napperon en plastique sur lequel elle dépose deux gobelets troubles ainsi que quelques biscuits à larges bords.

De même que je suis, dans la réalité de mes appartements privés, aux antipodes de ce que je montre en incarnant les rombières fachos, Marigona et ses dents perdues démentent, dans le secret propice de mon salon Roche Bobois, les clichés de l'Albanaise voleuse et libidinale que l'on a tous en tête. Marigona est une aristocrate bourdieusienne, une vraie. Une patricienne du ménage, qui se moque comme de sa première serpillière de ne pas porter de particule devant son nom imprononçable. Un être précieux dont on découvre, pour peu qu'on regarde sous son tablier, qu'il dissimule un esprit supérieur à celui de bien des primates.

Mais voilà que la télé et la radio se mettent à brailler de concert, signal qu'une présence humaine vient d'être détectée à la réception. Sur AB moteurs, une course de 4 × 4 customisés démarre *ad momentum propiciabus*.

— Vous attendiez des emmerdeurs ? interroge Marigona, s'immobilisant dans un contrejour de renaissance tardive, petit doigt purpuriné par les solvants levé au-dessus d'une tasse aux reflets de nacre huîtrière. Je songe fugacement que j'échangerais sans ciller tout le hors-série Warhol des *Inrocks* contre un appareil photographique me permettant de fixer cette image.

— Personne, Marigona. L'hôtel est complet et nous sommes à l'heure où même les importuns vaquent.

Interrompant la dégustation de mon café, je me lève en prenant soin de donner un coup de pied à mon doberman pour qu'il aboie dissuasivement et je rejoins la réception, arborant l'air revêche et soupçonneux censé seoir à ma condition de vieille peau abonnée à *Rivarol*. Je reconnais la journaliste du cinquième. Une certaine Karine, qui loge chez moi avec sa fille, une décérébrée sans grâce qui lit *Oops*, et son fils, pâle et taciturne gringalet, un peu plus intéressant.

— Qu'est-ce qu'il lui fallait encore ? m'enquiers-je sans obligeance aucune et en omettant vergogneusement la virgule devant le « encore ».

Puis, levant les yeux en signe d'exaspération, mon regard s'emplit de la lumière orangée qui perle de l'immonde plafonnier. Me voici au MK2, devant un film colorisé d'Ozu filmant la baie d'Osaka au crépuscule.

Au bout de quelques minutes, l'obtuse intruse toussaille avant de m'infliger l'hypotypose la plus grossière et l'antanaclase la plus déplacée.

— Je peux vous couper deux secondes ?

J'ébauche un rictus de dégoût et reviens tristement à la guenon maquillée qui se tient devant moi en équilibre précaire sur ses sandales à semelles compensées.

Idée forte n° 2

La réalité de la réalité
Dépasse la fiction de la fiction.

Ne désirons-nous que les choses que nous estimons bonnes ? Chaque année, durant les vacances de printemps, nous nous installons à Courtonac. C'est là qu'habite Lou-Anne, la copine-de-maman-un-peu-dingue-très-seule-mais-si-classe (dans la famille poncif, je demande madame Bobovary).

Évidemment, Lou-Anne est parfaitement idiote. Comment le sais-je, moi qui n'ai que douze ans ? Il se trouve que j'ai le don rare, et souvent douloureux, de discerner la réalité de la réalité. Et, croyez-moi sur parole, ce n'est pas beau à voir.

Si je tiens le coup malgré la médiocrité intellectuelle dans laquelle « *je vis* » (j'ai déjà expliqué ce qu'il fallait penser de cette assertion abusive), c'est parce que j'ai un grand projet. Un impérieux dessein même : m'enfuir au pays du Soleil levant et incendier les Tilleuls (aux abrutis qui liront ce journal, je précise que je vais *d'abord* mettre le feu et aller au Japon *ensuite)*.

Il m'arrive de rire tout seul à l'idée que si j'en parlais à un charlatan psychanalyste (pléonasme), il essaierait de m'en dissuader. Quant à ma sœur, elle est tellement occidentalisée qu'elle le prendrait très mal.

Concordance des temps

Toute prise de conscience est-elle libératrice ? J'ai mis un certain temps à choisir qui, de Husserl ou d'Alain Minc, obtiendrait mes faveurs avant de comprendre qu'il allait me falloir en faire la synthèse. C'est ainsi que je suis arrivée à la phénoménologie libérale transcendantale empirique.

Aussi étrange que cela puisse paraître, j'ai été aidée dans ma réflexion par l'audition distraite des clients venus se plaindre de l'absence réitérée d'eau chaude dans les douches (tant il est vrai qu'un client fou de rage permet remarquablement d'explorer les limites de la raison et d'observer combien les objets se règlent sur la connaissance que nous en avons).

Minc tient que *connaître* l'univers sensible revient à *organiser* ce qui nous *apparaît* afin de jouir de la liberté transcendantale de pouvoir le vendre sans droits de douanes.

Pour Husserl, en revanche, l'hôte en colère qui se lamente de la froideur de l'eau ne déplore, en fait, que la réalité *phénoménale* de la douche glacée (alors que s'il était un peu philosophe au lieu d'être complètement abruti, il aurait accès, grâce à la réduction eidétique, au royaume transempirique des pures essences). Libérée de tout ce qui est contingent et accidentel, son interrogation matinale deviendrait alors : Une douche ? Quelle douche ? Et que m'importe que l'eau soit froide ou chaude puisque je me lave à l'essence ?

Mais Minc va décidément plus loin. Certes, il existe quelque part une *idée* d'eau à l'état de *Nature* (*eidos*) mais le passage du noumène « eau » à sa réalité *phénoménale* (chaude ou froide) exige que le *sujet* connaissant s'acquitte d'une juste rétribution des *sujets* actionnaires détenteurs de l'*eidos*. En langage profane cela signifie que, pour avoir de l'eau, il faut s'acquitter d'un supplément. C'est d'ailleurs ce que je réponds généralement aux imbéciles venus se plaindre à la réception.

J'en suis là de mes réflexions lorsque la dénommée Karine les interrompt de sa voix précieuse et haut perchée.

— Yvonne, me dit-elle sans que je départage ce qu'elle mêle de complaisance et de familiarité fâcheuse dans cet usage de mon prénom, je me rends à La Buissonnière. Quand les enfants se réveillent, vous pourriez leur dire de me rejoindre ?

Ce condamnable mépris pour la concordance des temps me fait incontinent dresser les poils sur les avant-bras.

— À propos, j'ai l'impression que Bergamote fricotte avec le serveur black des Platanes.

Tous mes sens se raidissent, attendant la suite. Un mot de plus et j'alerte, dans l'heure, Ras l'Front et le correspondant local du réseau Voltaire.

— Autre chose, reprend-elle sur le ton du complot, si vous pouviez jeter un œil à mon fils… Il ne mange rien et il passe son temps à jouer avec des allumettes.

Réalise-t-elle qu'en se préoccupant ainsi de sa progéniture, elle a les deux pieds dans le biologique ? Je revois Elisabeth Badinter, tailleur Rodier, dans un vieil *Apostrophe*, réédité par l'INA que je regarde en boucle. Que de combats pour si peu de résultats.

Elle se met à tousser pour me rappeler son insignifiante présence et je reviens à moi. Du sac griffé de la gêneuse, dépasse un recueil de mots fléchés et je me représente la matinée oisive de la péronnelle. Que de temps perdu quand il y aurait tant à apprendre… Mais à quoi bon lui conseiller le dernier Attali ?

Mon humanisme reprend le dessus et je me contente de glisser :

— Attention où vous marchez, Manigora vient de faire les sols. *Vous avez mis le pied gauche sur la rainure de cuivre…*

C'est cet instant précis que le destin choisit pour me répondre, par l'inattendu truchement d'une voix masculine :

— … et de votre épaule droite vous essayez en vain de pousser un peu plus le panneau coulissant.

Idée forte n° 3
Par-delà le bien,
le mal,
et le chignon.

De quelle vérité l'opinion est-elle capable ? Si l'on me suppliait de sauver quelqu'un dans l'incendie de l'hôtel, je choisirais Yvonne Delval, la patronne. Ce qui me plaît chez elle, c'est qu'elle est rigide, laide et désagréable et je dois dire que ça contraste plaisamment avec la mièvrerie et l'humanisme occidentaux. Tout ce sucre m'écœure (et on voudrait que j'aie faim !).

Comment un être aussi intelligent que moi supporte-t-il un environnement aussi chargé de fadaises ? iPod et quiétude afférente. Un délectable haïku ne dit-il pas :

Le silence définitif
du hérisson écrasé
se déploie sur la route.

À bien y réfléchir, outre Yvonne Delval, je sauverais aussi monsieur Fukazaku. Il vient d'arriver à l'hôtel et j'ai pris l'ascenseur avec lui au terme d'une exquise demi-heure employée à décider qui devait y pénétrer en premier. Selon le rituel *keigo* de la politesse japonaise, j'avais l'obligation de me conformer au langage du respect incommensurable tandis que Fukazaku-san devait suivre le chemin de l'humilité démesurée. Pendant ce temps, les zombies qui peuplent l'hôtel tambourinaient en attendant l'ascenseur. Finalement, il m'a dit en souriant : « *Tu n'es pas bien épais, nous pouvons y entrer de front.* » J'ai répondu en japonais : « *Je vous en supplie modestement.* » Et il a ri car mon intonation sonnait, m'a-t-il expliqué, comme si je l'injuriais. Ensuite, il m'a regardé intensément et ses yeux disaient : « *Life is Good. Everybody is invited. Today, tomorrow, Toyota...* » Quand nous sommes arrivés à son palier, il m'a demandé : « *Que penses-tu de la dame de la réception ?* » J'ai hésité à répondre et puis je me suis lancé : « *Ma sœur dit que Mme Delval est un danger pour les libertés et la démocratie mais moi, je crois que si l'on sait voir par-delà son chignon, on découvre qu'elle est très élégante et peut-être même de gauche.* » Fukazaku-san a eu l'air satisfait de ma réponse et il m'a dit : « *L'Occident est aveugle. Au Japon, nous pensons qu'on ne voit bien qu'avec le cœur. L'Essentiel est invisible pour les yeux.* »

Ce sera ma pensée japonaise d'aujourd'hui.

La Modification

Faut-il préférer le bonheur à la vérité ? Moniduro Fukazaku se tient devant moi, yeux divinement bridés, sourire crispé, cheveux noirs, col Jack Lang. Je le vois, je rougis, je pâlis à sa vue. Un trouble s'élève dans mon âme éperdue. Mes yeux ne voient plus, je ne peux parler. Je sens tout mon corps et transir et brûler.

Quand Marigona, son labeur achevé, me rejoint pour notre petit rituel du Nescafé, elle connaît immédiatement que quelque chose d'insolite est advenu.

— Vous aurez beau dire, m'interrompt-elle, il est arrivé un truc.

Je contrôle stoïquement mon irrépressible envie de corriger la syntaxe de son allégation et consens même un effort supplémentaire pour m'intéresser à son contenu. Je ne peux que convenir avec elle qu'il se passe quelque chose. « *Vous avez mis le pied gauche sur la rainure de cuivre, et de votre épaule droite vous essayez en vain de pousser un peu plus le panneau coulissant* » est la première phrase du roman de Michel Butor *La Modification*.

J'essaie de me convaincre que j'ai rêvé, que M. Fukazaku ne peut avoir deviné que, sous l'écorce racornie de la bourgeoise rance, se cache un être de progrès et de culture, qui signe des pétitions pour les intermittents et a eu l'abnégation nécessaire pour lire du Nouveau Roman.

— Si vous voyiez comment il s'est bien installé le monsieur chinois ! s'exclame Marigona, me contraignant, cette fois, à intervenir.

Je lui fais longuement valoir l'abyssale différence existant entre la vulgarité du « trop » chinois et le raffinement ultime du « presque rien ou si peu » japonais. Il crève les yeux que M. Fukazaku n'a aucune ascendance du côté des mangeurs de chiens au glutamate. Bien plutôt est-il fils du Soleil levant.

C'est alors que télé et radio se déchaînent, réveillant en sursaut mon doberman et interrompant grossièrement une divine suite sérielle de Boulez.

À la réception, se tient Bergamote, fille de la susmentionnée Karine.

— Qu'est-ce qui y a encore ? aboie-je pour m'éclaircir la gorge.

— Le monsieur japonais m'a demandé de vous remettre ceci, minaude-t-elle en se tortillant de curiosité tout en me tendant un paquet enveloppé de papier de soie pourpre.

— Y a quelque chose à signer ? feins-je de m'enquérir.

Et, tout en tournant les talons et le dos à l'importune, je la plante là sans plus d'égards.

Quelques instants plus tard, je tiens entre mes mains tremblantes une version manga de *La Modification*, accompagnée d'une dédicace et d'une boîte de sushis au chocolat :

Voulez-vous,
Un peu plus,
Pousser le panneau coulissant,
Et me permettre de vous prier à dîner ?
Moniduro Fukazaku

PS : Dès le levant, l'eau glacée de ma douche
fait tressaillir mon cœur.

Idée forte n° 4
La contemplatrice

Sans l'art, parlerait-on de beauté ? Monsieur Fukazaku a raison : nous ne regardons pas assez ce qui se cache derrière les apparences. Je m'efforce désormais d'observer Yvonne Delval par-delà son chignon. J'avoue y avoir été aidé par un incident survenu hier soir, à la réception. D'habitude, quand on passe par là, on entend toujours la télé et la radio. Hier, il régnait un silence irréprochable. Je me suis approché sans bruit et j'ai trouvé la directrice abîmée dans de silencieuses pensées, un grave sourire irradiait de son anguleux visage si ingrat. Cœur battant, j'ai continué à avancer silencieusement et j'ai découvert l'objet de sa contemplation : un petit cadre représentant une femme debout devant une fenêtre en train de lire une lettre. Dans la pénombre, l'image semblait émettre sa propre lumière. Elle demeura un moment silencieuse, lissant de ses longs doigts l'ombre de moustache qui surligne sa lèvre supérieure. Puis, en un souffle :

— C'est un Vermeer... C'est M. Fukazaku qui me l'a offert, dit-elle sans réussir à s'arracher à son éclampsie esthétique. Cette beauté de la lumière dans les cheveux, les reflets sur les cuivres, le naturel des étoffes. Cette précision des textures, le chatoiement des bleus et des jaunes...

Je m'approchai encore un peu et je contemplai l'image dont la grâce scintillante me bouleversa.

— Le clair-obscur est idéalement rendu. Les contrastes sont d'une perfection inouïe, m'extasiai-je à mon tour. Et vous avez deux ports USB qui permettent de télécharger d'autres artistes quand vous en aurez marre des Flamands. C'est du Sony, c'est costaud.

— Jamais on n'atteindra ça en Occident..., soufflat-elle.

— Bien sûr que non, remarquai-je amèrement. Chez nous, le yin se mord le yang et personne ne semble s'en apercevoir. Ah, je donnerais tout Kawabata pour être aussi stupide que ma sœur et mes parents qui ne savent même pas faire la différence entre la voie de l'arc et la colline de la main vide...

Elle leva les yeux du Vermeer et me regarda intensément.

— Alors, j'avais deviné, dit-elle en me souriant.

La liberté se définit-elle comme un pouvoir de refuser ? Pour la première fois depuis longtemps, quelqu'un a vu battre mon cœur à travers mon corsage en acrylique. Me voici aussi découverte que la Suédoise décharnée qui se balade nue dans les couloirs de l'hôtel. Silveth quelque chose. Pas inintéressante, cette fille. Presque aussi pellucide que le taciturne jeune homme toujours en gabardine qui loge sous les toits ou qu'Origan, le souffreteux rejeton de la Parisienne, mon nouvel ami.

Mais au fait, que savons-nous du maigre ? Existe-t-il un universel du famélique ou, au contraire, des êtres qui, individuellement et singulièrement, sont grêles par nature ? Doit-on procéder par généralisations sémantiques pour parler de cachexie ou peut-on pénétrer des formes générales intangibles dont l'émaciation participerait de l'essence même, au sein d'une forme universelle, et qui ne seraient pas de simples regroupements langagiers arbitrairement regroupés par signifiants en fonction d'un consubstantiel signifié ? Autrement dit, quelle est la nature ultime de la congruence secrète existant entre Françoise Hardy, Sandrine Kiberlain et une girafe ?

À qui ne connaît pas l'appétit, la réplétion des corps et son inéluctable corollaire, l'avachissement de l'esprit, sont une abjection d'intensité comparable à celle de ces stimuli qui, diffusant du cerveau reptilien, ordonnent aux mâchoires des gras de se refermer sur un Rocher Suchard ou un Bounty glacé. Toujours est-il que la maigreur du jeune Origan me touche inexplicablement. Au premier abord, le vulgaire aura envie de le gifler au sang pour lui déboursoufler l'ego. Pourtant, pour peu que l'on prenne la peine de le regarder à l'intérieur, il appert vite qu'il souffre infiniment de ne trouver aucune main amie sur laquelle cracher. La voilà, l'élégance suprême du maigrichon : dissimuler sous les attributs d'une constitution chétive un QI beaucoup trop gros pour le corps dans lequel il est condamné à demeurer.

Hier, il m'a confié ses projets de mettre le feu à l'hôtel. L'intention est louable et j'en glorifie la conception *in abstracto* tout en en désapprouvant l'exécution *ab pratiquam*. Un brasier, pour joyeusement dionysiaque qu'il serait, ne se limiterait pas à débarrasser l'établissement de ses hôtes indésirables. Il pourrait subséquemment faire tousser M. Fukazaku, voire l'interrompre en pleine cérémonie du rot.

Cérémonie du rot.

Moniduro.

C'est vrai que, j'avais organisé de l'oublier :

M. Fukazaku m'a invitée à dîner.

Et alors ?

Alors, je n'irai pas.

Idée forte n° 5

Une fin,
Un moyen,
Un shampooing.

Prendre conscience de soi est-ce devenir étranger à soi ? Yvonne m'a avoué qu'elle n'honorerait pas l'invitation de Fukazaku-san car elle ne se sent prête ni dans son corps, ni dans sa tête.

Ceux qui, à mon exemple, ont élu la vertu des choses *simples* comme ultime objet de leur aspiration première sont prêts à tout pour la voir conspirer à réveiller l'indicible volupté des sens jusque dans les factices atours de la mise nouvelle d'une vieille directrice d'hôtel. Je lui ai donc conseillé d'aller se faire relooker et, avec Marigona, nous l'avons accompagnée à l'unique salon de coiffure de Courtonac.

— Changer de coiffure ! Mais qui vous a soufflé une idée pareille ? demande la dénommée Yvette Vasseur, un genre de perruche laquée, offusquée jusqu'à l'étouffement qu'on puisse remettre ainsi en question des décennies de consciencieux choucroutage hebdomadaire.

— Bon, finit-elle par lâcher en déstructurant d'un peigne rageur le chignon d'Yvonne. Après tout, si même vous, vous ne respectez plus rien…

— Ne lésinez pas sur la couleur, recommande Marigona. Faites-lui un brun très foncé, à la Juliette Gréco.

— Savez-vous qu'en japonais, il y a 137 façons de dire « noir », demandé-je à la cantonade pour pacifier l'atmosphère.

— Quand je pense que les idiots pensent que le noir n'est pas une couleur… soupire Yvonne qui commence à se détendre sous les doigts d'Yvette.

— Un seul de mes cafés, confirme Marigona, contient tous les arcs-en-ciel du monde.

Nous éclatons de rire devant tant de bon sens et la coiffeuse, affairée à saper l'édifice cartonné que supporte ordinairement la tête d'Yvonne, nous jette, dans le miroir, de petits regards inquisiteurs.

— Quelle est, selon vous, la plus grosse tare des crétins ordinaires ? soumet plaisamment Yvonne à notre sagacité.

— Ils trouvent le théâtre Nô long et ennuyeux, plaisante Marigona.

— Ils passent leur temps à juger leurs semblables, dis-je.

C'est alors que l'inouï se fait entendre. Yvette Vasseur, qui n'avait, jusque-là, pas manifesté que nous lui apparaissions, relève la tête et, nous regardant tous trois dans son miroir grêlé de taches brunes, assène :

— Ils confondent les fondements du non-apparaître avec les lois qui dissolvent l'ontologie dans le logique. Comme s'il n'existait qu'une seule xylologique et qu'elle était transcendantale !

Nous la regardons, interdits, jusqu'à ce qu'Yvonne retrouve son souffle et s'enquière, d'une voix hachée par le trouble :

— Yvette ? ! Vous... vous en êtes aussi ?

La coiffeuse essuie ses mains sur son tablier de nylon et hausse les épaules tandis que, pour la première fois, je remarque son extrême maigreur.

— Eh bien oui, j'en suis ! Si je me dissimule sous l'apparence d'une shampouineuse décérébrée et éprise de futilité, ce n'est que pour mieux observer les simiens imbéciles dont je raccourcis la crinière.

— Quand je pense que j'aurais pu débattre avec vous, chaque semaine, de l'indéterminisme de l'être dans le *Sein und Zeit*, au lieu de deviser des adultères du village..., soupire Yvonne. Il y en a d'autres que nous, dans le village ?

— La bouchère en est et je soupçonne aussi le vendeur de quads, il regarderait Arte en cachette. Mais maintenant que vous connaissez combien je suis intelligente, reprend aussitôt Yvette, je vous conjure de garder mon secret. La saison commence, le village va se remplir de touristes et j'aimerais jouir autant qu'il me sera permis de cette nouvelle livraison de sottise fraîche.

— Sachez, Yvette, que nous comptons bien nous adonner, nous aussi, à ce salubre exercice, dis-je. La diversité de la bêtise humaine ne laissera jamais de nous confondre... et de nous régaler.

Nous rions tout bas tandis qu'Yvette, désormais tout entière absorbée dans son œuvre, est en train de transformer, sous nos yeux incrédules, l'austère et démodée maîtresse de l'Hôtel des Tilleuls.

On m'attend là-haut

L'expérience peut-elle démontrer quelque chose ? J'appuie, au creux de mon poignet, le nez ardent de mon fer à repasser et je connais avec certitude que je suis bien réveillée. Je me regarde une nouvelle fois dans la glace et c'est, tout ensemble, une souffrance et une illumination. Yvette, la maigrelette Yvette, que j'ai méprisée pendant tant d'années, m'a bel et bien métamorphosée. Le chignon empesé a laissé place à une chevelure fluide et sombre, veinée de rouge. Marigona m'a prêté un ensemble noir et amincissant à la Agnès b. La directrice d'hôtel de droite que j'incarnais si parfaitement jusqu'alors a désormais l'apparence d'une galeriste en vacances sur l'île de Groix. Je regarde l'heure à ma vieille pendule. Moniduro m'attend. J'ai passé la nuit à réviser le code de visite japonais et, ce matin, le délicieux Nippon m'a fait déposer une douzaine de wagashis au ginkgo dans un coffret en bois de bonzaï. Je mesure l'hommage car je sais que la miniaturisation de chacune de ces infinitésimales bouchées indiciblement cotonneuses nécessite plusieurs mois de savante préparation.

Il m'attend, là-haut tandis qu'en mes appartements une nuée de questions niveau bac m'enveloppe.

Que savons-nous du libre arbitre ?

D'où vient le pouvoir de certitude de la science ?

Le langage trahit-il la pensée ?

L'objectivité de l'Histoire suppose-t-elle l'impartialité de l'historien ?

La moralité est-elle utile à la vie sociale ?

Pourquoi le Japon, les pauvres et les surdoués fascinent autant les filles ?

Un cours de philo suffit-il à faire un roman ?

Peut-on tenter de répondre à ces questions, et à d'autres, et tout envoyer à un éditeur ?

Au moment où je franchis le seuil de mes appartements, la décharnée Silveth Salamalander m'y rejoint. Elle porte un T-shirt trop grand pour elle.

— Si un ami suédois me demande, vous dites que je suis sortie faire une course, pigé ? me lance-t-elle en me jetant ses clés par-dessus le comptoir.

Elle vient de se comporter avec moi comme j'ose à peine le faire avec mes plus mauvais clients (les Espagnols). L'homme est-il bon par nature ? Sous l'épaisse couche de Culture qui me protège de mes plus bas instincts, j'ai senti la bête se réveiller. Singes nous naissons, gorilles dans la brume nous mourrons.

Je connais que, là-haut, M. Fukazaku a tout préparé pour me recevoir et peut-être plus car je le crois en pleine possession de sa virilité. Mais je sens aussi grandir l'impérieuse nécessité d'étrangler l'impudente. Que faire ? J'hésite toujours lorsqu'émerge en moi un vieil impératif catégorique au goût d'hypokhâgne : *« Agis comme si la maxime de ton action pouvait être érigée par ta volonté en loi universelle de la nature. »* Je titube sous la violence du choc kantien mais, avant même d'avoir eu le temps de réfléchir à un plan en trois parties, je me retrouve dans la rue. Je vais me la faire cette connasse !

La malingre silhouette de la Suédoise va disparaître au coin de la rue. Elle presse le pas. Moi aussi. Elle accélère encore. Je me mets à courir et…

Je meurs.

Être moral, est-ce suivre ou contrarier sa nature ?

Je souris enfin

Ainsi, or voilà.

J'ai été renversée par un fourgon de Police surgi, toutes sirènes hurlantes, du haut de la rue Carnot. Je connais, avec une certitude de narrateur omniscient, qu'ils viennent de coffrer le père du taciturne jeune homme amnésique qui dort sous les toits.

Je tire ma révérence. Je n'en saurai pas plus, de mon vivant, sur le secret du père Plasson. Et jamais, non plus, ne connaîtrai-je l'intérieur, forcément zen et sophistiqué, de M. Fukazaku.

Je réalise soudain qu'entre Husserl et Minc, j'étais finalement du côté d'Alain Minc. Je me suis toujours trompée sur tout. Je dirais même sur Tout.

Mais bon, d'un autre côté, je m'en tamponne grave. Comme je vais mourir bientôt, je peux enfin causer comme je le sens. Finis les « il m'appert » et les « je tiens que ». Finies les après-midi à somnoler devant des DVD abscons et des livres abstrus. Terminées l'arrogance, la bonne conscience, la condescendance envers les profs du secondaire, l'absence d'autodérision et, surtout, de doutes. Basta le style Fontenay-aux-Roses de mes deux agrégs, à moi les grosses gourances dans la syntaxe du groupe prépositionnel.

Au lieu d'un thé aux mille parfums, je rêve d'un demi, aux Platanes.

Tant pis si le taulier n'est pas de ma famille de pensée. Tant pis s'il y a des vacanciers en pantacourt, des abonnés à *Télé Z* et des professions libérales au comptoir.

À propos, je demande mille fois pardon aux Japonais, aux femmes de ménage albanaises, aux directrices d'hôtel à chignon et aux lecteurs accablés.

À tous et à toutes, pardon, pardon, pardon.

Et à mes clients, pardon pour les douches froides.

Désormais, je peux sourire. Enfin. Je peux même aimer avant de juger.

D'autant que, d'un autoradio tout proche, s'élève une chanson de Tom Waits, miraculeusement raccord avec mon départ imminent pour les très grandes vacances.

All broken down
By the side of the road
I was never more alive or
Alone
It's got to be more
Than flesh and bone
All that you've loved
Is all you own
I'm gonna take it with me
When I go

– VI –

Éric-Manuel Schmit

Louison Touletemps et le sumo rose

<u>COMMUNIQUÉ :</u>

L'histoire ci-dessous a été imprimée dans une police de caractères de grande taille afin d'aider le lecteur à ouvrir tout grand ses yeux sur l'Invisible.

Une version audio à très fort volume est également téléchargeable sur www.eric-manuel-schmit.com

(official website)

*

Je m'appelle Louison. Louison Touletemps. Je ne suis pas de Courtonac, je viens de Laussac. Mon père s'appelait Évariste Touletemps. Il était de Laussac et je l'ai peu connu. Les rares souvenirs que j'ai gardés de lui sont son long visage las, ses joues creusées par la faim, sa peau tannée par le soleil et surtout, flottant comme deux îles en topaze sur un océan de rides, des yeux si irradiant de bonté qu'ils me réchauffaient quand il les posait sur moi en me répétant de sa voix grave : « On va y arriver, petit. Si Dieu existe, on va y arriver… »

Pourtant, le jour de mes 5 ans, après m'avoir offert un caillou de la Glavoise qu'il avait peint lui-même, il tomba gravement malade. Ma mère et moi nous suppliâmes, à genoux, le Ciel de le sauver mais Dieu resta sourd à nos prières et, bien qu'on prétende souvent qu'il a le bras long, Il ne bougea pas le petit doigt.

Atteint d'une maladie rare, à 23 ans, mon père avait l'air d'un vieillard. Lui qui avait tant travaillé, sa vie durant, restait désormais prostré, des journées entières, à faire des mots croisés et à radoter sur sa jeunesse. Ma mère se saigna aux quatre veines pour faire venir un spécialiste de Tullonges qui lui prescrivit de l'aquagym mais il était trop tard. Papa devenait chaque jour plus rigide, plus chauve, plus acariâtre. Atteint de démence sénile, il se mit à menacer de sa canne tous ceux qui lui demandaient des nouvelles de sa santé. Enfin, un sinistre soir de février, quelques semaines après ses 25 ans, il s'allongea sur sa couche et me fit signe de m'avancer. Une lueur crépusculaire avait déjà envahi son regard.

— ’onne-moi ’on ’entier, ’iston. Ch’ai kc’ose à t’ire

— Hein ?

— ’on ’entier, ’ordel ! insista-t-il en donnant de petits coups de sa tête d’oiseau malade en direction de la table de chevet.

Soudain, comme un fils comprend son père par-delà les mots, je saisis. Il demandait qu’on lui donnât son appareil dentaire. Quand il l’eut ajusté, il me dit à voix basse :

— Je m’en vais, fiston. Approche-toi, que je te regarde une dernière fois. Je suis tellement fier de tes oreilles…

— Allons, papa, tu vas t’en sortir. Veux-tu que je te lise une citation de Christine Orban ? Il paraît que ça donne la pêche.

Je vis les doigts noueux et crevassés de mon paternel se crisper pathétiquement sur sa canne mais, au prix d’un effort surhumain, il résista à son envie de me donner une dernière correction. Les pommettes luisantes, la carotide palpitante, il avait le regard dévasté par la cruelle conviction qu’il serait parti avant la finale des Chiffres et des Lettres. Il m’observa encore longtemps avant de murmurer :

— Je vais te confier un secret, Louison.

— Je t’écoute, papa.

— Mon secret commence comme un conte… Il était une fois un couple de paysans très pauvres. Un jour, le mari demanda à son épouse ce qui lui ferait plaisir pour son anniversaire. L'épouse réclama une brosse car elle avait de très longs cheveux qu'elle n'arrivait plus à démêler sans endurer d'atroces douleurs. L'homme fut très malheureux car il venait justement d'acheter des verres en cristal qu'il comptait offrir à sa femme et il n'avait plus assez d'argent pour lui acheter la brosse dont elle rêvait. Devinant la peine de son mari, qui avait tant économisé pour acheter les verres en cristal, la femme dit que, tout compte fait, cela n'était pas nécessaire, qu'elle se débrouillerait très bien sans brosse, qu'avant les femmes n'avaient pas de brosses et ne faisaient pas tant de simagrées pour se coiffer… Le pauvre paysan n'en crut pas un mot car il avait entendu sa femme gémir et sangloter quand elle se coiffait. Il s'en alla tristement aux champs pour gagner leur maigre pitance puis, pris de remords, en rentrant au village, il revendit pour une bouchée de pain ses bœufs, sa charrue et les verres en cristal et acheta une magnifique brosse en porphyre à sa femme. Quelle ne fut pas sa surprise, le soir en rentrant chez lui, de découvrir que son épouse s'était coupé les cheveux très courts et avait vendu leur maison pour acheter une bouteille d'un excellent vin qu'elle comptait boire avec son époux dans les verres en cristal. Que crois-tu qu'il arriva, Louison ?

— Ils réalisèrent qu'il est important de faire circuler l'information quand on travaille en équipe ?

Quelques spasmes soulevèrent sa poitrine qui sonnait déjà creux puis il rouvrit les yeux, battant des cils et grinçant des dents.

— Réfléchis un peu avant de l'ouvrir, mon fils. Tous deux se mirent à pleurer dans les bras l'un de l'autre, puis le paysan descendit la bouteille et eut l'idée d'ouvrir un salon de démêlage capillaire. Tu comprends ce que cela veut dire, Louison ?

Je me sentis pris de court par la question de mon père dont le regard devenait sans cesse plus vitreux. Quelque chose en moi refusait de comprendre. J'en voulais confusément aux vendeurs de brosses, aux cheveux longs, aux fabricants de verres en cristal, à la filière vinicole… J'étais devenu une boule de rage et de colère, un bouillon cube de révolte qu'il aurait suffi de jeter dans de l'eau bouillante pour faire déborder la casserole. J'étais ivre de fureur contre la terre entière.

— Je sens un peu d'irritation en toi, Louison.

— Pas du tout, père, mentis-je. Repose-toi.

— Allons, mon fils, je me trouve devant des échéances qui ont un rapport avec la sincérité. Dis-moi ce que tu as sur le cœur, je peux peut-être t'aider.

— C'est…

— C'est ?

— Dieu…

— Dieu ?

— Pourquoi Dieu ne te sauve-t-Il pas ? explosai-je enfin. De deux choses l'une, soit Il ne nous aide pas, parce qu'Il s'en fout de nous. Soit Il n'existe pas et Il n'a qu'à le dire !

— Allons, mon fils, ta douleur t'empêche de voir que dans chaque chambre il y a une porte.

— Pardon ?

— C'est du zen. Ça veut dire que dans toute vie, même la plus minuscule, il y a forcément une ouverture quelque part, sinon comment aurait-on fait pour y entrer ? Et si l'on peut y entrer, on peut toujours s'en sortir. Les petites gens qui arrivent à s'échapper de la chambre où le destin les a enfermés ont beaucoup plus de mérite que ceux qui sont nés du bon côté de la porte…

— Ils mesurent combien, papa ? demandai-je, bouleversé.

— Qui ça ?

— Les petites gens.

Il se mit à tousser et ses yeux effectuèrent plusieurs révolutions complètes dans leurs orbites avant de revenir se poser sur moi.

— C'est une image, Louison. Les images nous aident à visualiser les idées et nous donnent la sagesse. Ne dit-on pas « être sage comme une image » ? Les petites gens, ce sont les gens comme nous. Nous autres, nous n'avons pas besoin de palaces pour dormir à la belle étoile. Nos édredons de paille sont plus moelleux que tous les tapis volants du Shah d'Iran. Notre eau de source est moins chère que le plus millésimé des champagnes mais tu vois, Louison, chez nous, quand on aime, on ne compte pas.

Une nouvelle convulsion, plus violente, plus terrible que la précédente, le secoua des sabots à la casquette. L'espace d'une seconde, je craignis qu'il ne revînt jamais à lui et je saisis sa main.

— Allons, papa, on va rester tous ensemble, pas vrai ?

— Tous ensemble… tous ensemble… ouais… ouais, bredouilla-t-il. Je veux que tu saches que j'ai été très heureux sur cette Terre, Louison. J'ai passionnément aimé le vent dans les abeilles, le bruit des champignons coupés, le chant des haricots, les parties de jambes en l'air avec ta mère. Sacrément chaude, ta mère ! Ah ça, tu l'aurais vue quand elle me…

— Repose-toi, papa. Ça va aller…

— Je comprends ta colère et ta révolte, mon enfant, mais souviens-toi toujours que, malgré les apparences, Dieu écrit droit. Ce sont nos vies qui sont saoules…

Ce furent ses dernières paroles. Je ne savais pas encore à quel point elles étaient justes. Mais n'anticipons pas sur les images à venir.

Pour payer l'enterrement de mon père, ma mère rassembla tous nos biens. Je fus surpris de découvrir qu'à part une brosse à cheveux en porphyre et une bouteille de vin vide, nous ne possédions rien. Pour payer mes vêtements et ma nourriture, mes parents avaient beaucoup emprunté et nous étions ruinés. Éperdue de chagrin, ma mère se jeta de plus belle dans ses ménages et, grâce à ses sacrifices, je pus poursuivre mes études. J'avais décidé de m'échapper de l'insignifiante chambre où le destin m'avait fait naître en prenant la porte du haut. Pendant que ma mère se tuait au travail chez de riches bourgeoises cyniques, désabusées, qui ne s'aimaient pas parce qu'on ne les avait jamais aimées, je dévorais avec rage, jusque tard dans la nuit, des livres sans aucune image. Je ne voulais pas de la sagesse des images, je voulais connaître, comprendre, calculer sans les mains. Le jour où je compris que notre monde est gouverné par l'argent, je forgeai ma décision d'être un de ceux qui, parti de zéro, atteindrait au pouvoir infini des grands nombres.

Tout absorbé par mes études et mes rêves de puissance, je ne vis pas que ma mère tombait malade. Frappée par une maladie rare qui la rendait allergique aux produits d'entretien, elle se consumait à petit feu.

Chaque coup d'éponge l'effaçait un peu plus, chaque nouvelle vaisselle la rendait plus transparente, chaque coup de chiffon la renvoyait à la poussière. Plus les couverts en argent de ses patrons brillaient dans leurs coffrets de velours grenat, plus elle devenait terne dans sa blouse en nylon gris. Un jour, sous l'effet d'une étrange appréhension, je levai le nez du manuel de titrisation que j'étais en train d'avaler et je décidai de lui faire une surprise en allant l'attendre à la porte d'une des maisons de maîtres où elle travaillait chaque matin. Sur place, je trouvai une agitation inhabituelle. Une ambulance, tous feux clignotants, stationnait devant l'entrée principale. Sur le perron, la patronne de la maison discutait à voix basse avec le médecin du village qui hochait la tête. Saisi par un inexplicable mauvais pressentiment, je me précipitai dans leur direction.

— Où est ma mère ? demandai-je.

— Hélas…, soupira la femme en essuyant les quelques larmes qui avaient perlé au coin de ses yeux d'ordinaire si secs.

— C'était une femme extraordinaire, me dit le docteur en me serrant l'épaule. En dix ans, pas un vase cassé…

— C'est horrible, sanglotait la patronne, de plus en plus bouleversée. Je ne suis pas près d'en retrouver une aussi propre…

Le jour même de ses funérailles, je décidai d'abandonner mes études. Je mis quelques affaires dans un sac, chargeai un âne et pris la direction de Courtonac où, m'avait-on dit, on recherchait un braquemardier au château.

Les années passèrent. En arrivant à Courtonac, je n'étais personne et cela me convenait bien. Je n'avais ni passé, ni avenir. Je trouvai vite un toit, un emploi et même une épouse, la belle et sauvage Jeanne. Quand je la rencontrai, j'étais encore ouvrier agricole et ce fut elle qui me poussa à prendre un travail moins pénible et mieux payé. « Je sens un fort potentiel en toi », me répétait-elle. C'est ainsi que, pour lui faire plaisir, moi qui étais préparé à intégrer l'ENA et Polytechnique, je devins chargé de clientèle puis directeur de l'agence de la Caisse d'Épargne à Courtonac. J'avais résolument décidé que ma vie s'arrêterait là et, seule, cette certitude me donnait un semblant d'apaisement.

Une seule chose, pourtant, troublait encore le silence mortel de la forteresse de remords dans laquelle je m'étais emmuré vivant : Jeanne multipliait les fausses couches et cela me peinait de la voir défaillir de tristesse quand elle piquait d'ail le gigot en soupirant :

— Pauvre petite bête… Que serait-il devenu, s'il avait vécu ? Peut-être aurait-il changé le monde ?

Un soir de printemps, je rentrai beaucoup plus tard que d'habitude de l'agence. J'avais passé tout l'après-midi et une grande partie de la nuit avec un journaliste suédois qui, sous le prétexte d'ouvrir un compte, m'avait posé des milliers de questions sur deux de ses compatriotes qui possédaient une propriété à Courtonac. J'en avais profité pour lui soumettre l'énigme de la disparition du père Plasson. Si quelqu'un retrouvait le corps, Jeanne pourrait hériter du moulin et cela donnerait enfin un sens à sa vie aussi stérile qu'un livret A en période de déflation.

J'avais décidé de rentrer en passant par la rivière. L'hiver, la Glavoise est un torrent boueux mais, sitôt après les dernières neiges de mai, elle se métamorphose en une rivière paisible que l'on traverse à pieds secs au lieu-dit du Gué-de-la-Corde. J'allais passer sur l'autre rive lorsqu'une voix surgit de l'obscurité.

— Veux-tu voir mes images ?

Je sursautai de surprise et de frayeur.

— Qu'est-ce que c'est ? demandai-je d'une voix mal assurée.

J'entendis des branchages que l'on froissait puis une silhouette émergea de l'ombre. À la faveur d'un rayon de lune, je distinguai un vieillard au corps tassé, à la peau crevassée, aux yeux étonnamment fixes. Sa tête, penchée sur le côté, semblait me considérer avec un mélange de tendresse et d'ironie.

— Que voulez-vous ?

— Je vends des images. J'en ai des milliers. Il y en a sûrement une pour toi…

— Je ne comprends pas et je n'ai besoin de rien.

— Tu ne comprends pas parce que tu regardes avec les yeux de ta tête au lieu de faire confiance aux oreilles de ton cœur.

— Qui êtes-vous ? demandai-je en reculant.

— Je « suis », Louison. Je suis à la fois nombreux et unique. Je suis tous ceux qui peinent, qui trébuchent, qui se trompent de route. Ceux qui cherchent, ceux qui trouvent. Ceux qui utilisent leur joker et ceux qui demandent l'avis du public. Je suis le mendiant et le maire UMP, l'être et le néant, le cru et le cuit, Laurel et Hardy. Je suis le prêtre chauve, l'imam barbu et le rabbin à papillotes. Je suis le premier de cordée et le dernier de la classe. Je suis Fatou la Malienne, Joe le taxi, Josélito l'enfant à la voix d'or, Joséphine l'ange gardien. Je suis le maillon faible, la femme de Barbe-Bleue, le gardien de but des images Panini. Je suis ces chênes qu'on abat, Billancourt qu'on désespère, Mozart qu'on assassine. Voilà pourquoi, je suis. Avant que tu sois, je suis.

— Et après ?

— Après quoi ?

— Après que vous êtes ?

— Après aussi, je suis.

— Qu'est-ce que vous me voulez ? Je n'ai pas besoin de vos images.

— En es-tu bien sûr, Louison ?

Et, sans attendre de réponse, il disparut du sous-bois aussi mystérieusement qu'il y était apparu.

En rentrant à la maison, je découvris que Jeanne n'était pas encore couchée. Très pâle, vêtue d'une robe immaculée, les cheveux retenus par un châle bleu azur, elle penchait sa longue figure ovale sur un ouvrage. Était-ce la lumière ? Était-ce la posture ? Elle m'évoqua ces femmes rêveuses qui tiennent un bébé et que les Italiens aiment peindre au plafond des églises.

— Que fais-tu, ma chérie ? Tu n'as pas sommeil ?

— Je tricote de la layette pour notre enfant.

— Ma Jeanne, ne serais-tu pas en train de faire un déni de non-grossesse ? Tu sais bien que toi et moi…

— Cette fois, c'est différent ! s'écria-t-elle en se tenant le ventre. Je le sais, je le sens. Elle me l'a dit.

— Ta gynéco ? Ce ne serait pas la première fois qu'elle…

— La Dame blanche. Elle m'a dit que ce serait un garçon !

— Mais enfin, Jeanne, comment peux-tu croire à ces fariboles ? À part la mère Jeantout, personne n'a jamais vu cette dame blanche. Tu es sûre que ce n'était pas plutôt la Dame bleue ? Ce serait la factrice. Ou la Dame verte, une contractuelle. Ou la Dame jaune, une éboueuse que tu aurais prise pour…

— Louison, que tu me croies ou pas, je sais ce que j'ai vu…

Elle leva son regard sur moi et je redécouvris son beau visage, ses yeux clairs, ses longs cheveux, son cou gracile. Celle qui, durant des années d'attente de maternité, était devenue une trentenaire flétrie aux traits plus défaits qu'un lit de jeunes mariés irradiait soudain d'une douce certitude et d'une détermination paisible qui me troublèrent profondément.

Je dormis mal, cette nuit-là.

Puis, les jours et les semaines passant, j'oubliais ma rencontre avec le vieux colporteur d'images et la transformation de Jeanne dont, pourtant, la taille commençait à s'arrondir visiblement. Nous avions tant de fois été déçus.

Et puis, un matin d'été, où je devais me rendre au village plus tôt que d'habitude, je décidai de repasser par la Glavoise. La clarté du chemin était d'une beauté irréelle. J'avais à peine franchi le Gué-de-la-Corde que j'entendis une voix grave et mélodieuse derrière moi :

— Je savais que tu reviendrais, Louison.

Je tressaillis mais me repris aussitôt.

— Ah oui, et comment le saviez-vous ? demandai-je en feignant l'assurance.

— Je « sais », c'est tout.

— Quoi d'autre savez-vous ?

— Je sais que tu te rends à l'enterrement d'Yvonne Delval, la patronne des Tilleuls qui a été renversée par un fourgon de Police. Je sais que le méchant quincailler a fait du mal à la jeune Suédoise si maigre et qu'il va le payer cher. Mais je sais des milliards d'autres choses… Et je sais que Jeanne, ton épouse, est enceinte.

Cette fois, j'ouvris une bouche démesurée sous le coup de l'ébahissement.

— Comment savez-vous ça ?

— Avant que tu saches, je sais.

— Et après ?

— Pareil.

Il fit un pas vers moi et, à la lumière du grand soleil, je vis que ses yeux étaient aussi blancs et laiteux qu'un yaourt nature. Je frissonnai.

— Vous êtes aveugle ?

— N'est-ce pas nécessaire pour mieux voir ? De même qu'il faut être sourd pour mieux entendre, muet pour mieux chanter et manchot pour mieux toucher…

— Et cul-de-jatte pour mieux courir ?

Le vieillard dut s'asseoir sur un rocher tant il était secoué par l'hilarité.

— Tu es trop drôle, Louison. Si tu es aveugle, sourd, muet et manchot, dis-moi un peu à quoi te servirait de courir ?

— Combien valent vos images ? demandai-je pour me débarrasser de lui.

— Tu comptes trop, Louison, car tu ne comptes pas assez.

— Faudrait savoir !

— Je te l'ai dit : je sais… Tu comptes les sous, les agios, les jours de RTT… mais tu ne comptes pas assez sur toi. Au lieu de compter sur ce que tu comptes, tu devrais croire à ce que tu sais.

— Si vous saviez ce que je crois savoir…

— Je le sais, Louison. C'est pourquoi j'ai une image pour toi.

Il me tendit un bout de carton rectangulaire et entièrement blanc. Je le retournai, le humai, le pliai puis, me rappelant ce qu'avait dit le colporteur à propos des aveugles, je fermai les yeux et le regardai attentivement. Au bout de quelques minutes, je ne voyais toujours rien mais j'entendis le vieillard toussoter.

— La Lumière, Louison. Regarde toujours vers la Lumière.

J'examinai alors l'image à contre-jour et je distinguai d'abord une vague silhouette, puis les détails s'affinèrent et je vis apparaître un corps tout entier. Un corps énorme, à la peau lisse, huileuse et bourrelée, d'un rose immaculé. Surmontant ce corps monstrueusement gras, il y avait une tête rose aux cheveux noirs, coiffés en un chignon brillant, et deux yeux goguenards.

— Qu'est-ce que c'est que ce truc ? demandai-je, horrifié.

— Un sumo rose, Louison. C'est une variété très rare. La plupart sont jaunes, ou bleus s'ils ont une maladie rare du cœur.

— Qu'est-ce que ça veut dire ?

— Cela signifie que ton épouse Jeanne va bientôt accoucher d'un bébé sumo.

— Mais pourquoi ? ! Pourquoi nous ? ! éructai-je. On n'en pas déjà assez bavé comme ça ?

— Calme-toi, Louison. Jeanne souffre d'une maladie rare, le syndrome de Coelho-Lévy. Les malades qui en sont atteints sont des ambassadeurs. Ils ont été choisis pour porter un message.

— Un message ?

— Tu m'as bien entendu, Louison. Je dirais même que la maladie est elle-même le message. Par exemple, si le malade est condamné, le message est *« Profite de la vie car elle est courte, mais elle est bonne »*. Si le malade est amnésique et arriviste, cela signifie *« N'oublie jamais qui tu es et d'où tu viens »*. S'il est essoufflé et paralysé des jambes, cela veut dire

« La route est droite mais la pente est forte »... Dans votre malheur, vous avez de la chance.

— De la chance ? ! Je vais être père d'un gamin obèse et rose bonbon ! Vous appelez ça de la chance ? !

— Je sens de l'incompréhension en toi, Louison. Concentre-toi et réfléchis avec ton cœur : cet enfant bien plus grand que vous deux, qui est porteur d'un message d'espoir tout rose, c'est…

Soudain, je saisis ce que voulait me faire comprendre le vieux colporteur et j'éclatai en sanglots. À travers mes pleurs, je vis que le vieil homme me souriait, rayonnant de bonté. Je me jetai dans ses bras et il me sembla y retrouver l'odeur du bressac fraîchement mouliné.

— Alors, Louison, as-tu enfin compris qui est ce petit sumo tout rose qui deviendra si gros ?

— … L'amour ? balbutiai-je.

— Tu vois que, toi aussi, quand tu crois, tu sais ;))

– *VII* –

Phillipe Solers

Le Divin
Moi Doute

*

Au commencement, l'origine. La femme. Rencontrée au cours d'un séminaire sur *Paradise*, encore un de vos livres qui n'est pas près de vieillir (700 ans d'avance, au bas mot).

En cause, la coiffure (interminable ; impeccablement démêlée), les yeux, le pied sous la table ronde.

En effet, le frisson, l'emboîtement miraculeux des corps, l'invitation chez elle.

Passage à *l'acte*, donc, derrière un rayonnage, chez les Grecs, forcément. Homère si possible. Cyclope, si tu nous regardes…

Il faudra, un jour, publier les *actes* des couloirs des colloques. C'est là que tout arrive : dans le méta, le deuxième ou le troisième cercle, le *off* comme disent les Trissotins du théâtre.

Après la pause, sensuelle, dépliée, retour du refoulé (vous) dans l'amphithéâtre. Elle est déjà au premier rang. Dans sa robe d'été, un peu juste aux épaules, boudeuse et hirsute. Elle démêle ses cheveux. Oui, bien sûr – le regard noir, à l'instant – pour vous reprocher de l'avoir décoiffée, devant Xénophane et Héraclite confondus de tant de beauté. Mais pourtant, enfin, belle comme la Reine de la Nuit par grand beau temps. Ah, les coudes, les oreilles, cette nuque (la main).

Vous reprenez votre numéro dans un désordre soigneusement anagogique : Dante (Italien génial), Lautréamont (poète que vous avez relancé), Céline (bon d'accord mais quel talent), Zhuangzi (un Chinois), Bach (les fugues, les toccatas…), Claudel (catholique), Voltaire (libre penseur), Roth (un ami), les pigistes de la critique littéraire (ne savent pas lire), Joyce (votre successeur, dans le désordre), Sade (il vous doit sa Pléiade), Stendhal (petit gros), Cioran (vous a dédicacé *Écartèlement :* « Ta gueule, Ph. S. ! »), Beckett (vous doit toujours une tournée au Rosebud), Descartes (fermé pour Raison grave), Saint-Simon (surtout connu pour ses mémoires), Mozart (mort trop jeune), Debord (votre filleul), Foucault (un ami de Sainte-Anne), Bernanos (s'en fout, la mort), Hallier (a voulu vous étrangler), Pascal (les pensées), Jean-Paul II (a lu tous vos livres), Freud (on y revient toujours), Ponge (un admirateur), Heidegger (aussi inactuel que vous), Mauriac (premier bon plan), Rinaldi (soluble dans l'académique). Et aussi Pivot (ses lunettes en demi-lune), Bossuet, Rimbaud, sa sœur, Barthes, Leys, Breton (j'aime les papes), Soljénitsyne, Casanova (il ne lui manque que le fume-cigarette), Kafka, Hölderlin, Lacan, Derrida, Clausewitz (vous l'avez relancé), Deleuze (suicide réussi), Sartre, Proust, Ionesco, Genet, Mallarmé (arrête ton Char), Blanchot, Baudelaire (votre semblable, votre frère),

Picasso, Paulhan, Roussel, Quignard (à offrir à sa belle-mère)… et tutti quanti. *As usual.*

À la sortie, vous avez semé Monseigneur Vingt-Trois qui vous veut à goûter à l'archevêché. Vous filez avec *elle* au Montalembert. D'entrée, elle ordonne. Un thé vert pour commencer puis un nouvel agencement à ses cheveux. Soucieuse, elle questionne, innocente dans sa lubricité :

— La péripétie du devenir modernisant se déborde-t-elle de l'intérieur ?

Vous feignez une indignation à la Benny Lévy (deuxième époque). Mais l'occasion… Vous reprenez la belle (au bon) :

— Tâchons de préciser : la nouvelle catastrophe, confortable, syncrétique en diable, grandiose dans sa miniaturisation même, est rien moins qu'organisée. Amnésique peut-être… Suprême sans doute… Désinvolte toujours. S'il faut vraiment en tenter l'écriture (la main), ce sera un récit qui ne pourra valoir que par ce qui aura tenté de le faire se tarir. Se taire ?

Elle (nouveau soupir). Sous la table, elle se caresse. C'est très grand et très touchant.

— Venez donc passer quelques jours dans ma maison de vacances.

Petite branleuse, grande rêveuse. Elle est directe. Elle embrasse profond. Elle jouit franc-jeu.

— On part ?

— On part.

Vous avez fermé à clé votre petit bureau de chez Gralimard (vous n'aimez pas l'idée que Kundera y furète en votre absence) et vous avez pris le train pour la rejoindre. Venise ? Pas si vite. Laisser mouiller un peu la lagune avant d'y glisser votre vaporetto. Attendre l'acqua alta (puisse-t-elle engloutir la

Biennale). Pour l'heure, *elle* est une passante de passade. Parmi d'autres. Peut-être, un matin d'automne, l'inviterez-vous à la Dogana. Ou à Murano. Alors, en attendant, plutôt le Sud sempiternel. Sa maison de charme tyrannisée par le bon goût. Petit village. Campagne néo-rurale. Remplir la vacance et *basta cosi*. Allons, chiche. On est parti. Lou-Anne (un air de Josyane en plus sévère) vous invite et vous y attend. Donc, soit. C'est l'été. Elle sera votre Salomé, vous serez son Friedrich. Elle est votre Justine, vous ferez le malheur de sa vertu.

Pas d'air. Le matin, vous vous levez comme tout le monde. Après une douche (vous les aimez glaciales, comme l'accueil de vos livres par la critique), vous êtes frais et dispos (« Le Seigneur comble Son bien-aimé qui dort »), prêt à broder vos phrases au point d'ironie. Et tant pis pour les mijaurées du prêt-à-lire, si l'on en voit les ourlets. S'il suffisait de répéter, répéter, répéter : « Le style, le style, le style ! » pour s'en trouver pourvu… Mais dans le matin miraculeux, vous posez sur le monde qui n'en demandait pas tant votre regard éloigné, celui qui vous vaut, à la fois, tant de malentendus et cette paire de lunettes que vous ne portez que dans le huis clos de votre intimité inviolée. On vous dit égocentrique, vous êtes amétrope. Comme le vieux Lévi-Strauss (vous a-t-il assez bassiné aux cocktails Gralimard avec ses photos du Brésil !), vous regardez l'Univers (pas le café qui a fermé, le Cosmos) en essayant de ne jamais oublier que, pour les Bororos, Paris n'est plus le centre du monde ; pour les Nambikwara, les astres brillants dans la Pléiade n'évoquent pas la collection qui vous doit tant mais un vulgaire amas d'étoiles de la constellation du Taureau. Autres cieux ? Tu parles.

Été solaire. « Ce qui est profond aime le masque », disait Friedrich Wilhelm Nietzsche. Lou-Anne vous en applique un, hydratant, chaque matin. Nous sommes en 95 après Barthes et en 74 pendant vous. Vous ? Oui, vous, là : Solers, le sot-l'y-laisse des lettres. Grand bien leur fasse. Autour de vous, ils sont tous là, ou presque, les autres, les écriveurs. Par chance, vous ne les avez pas encore croisés mais on vous l'a dit. Une petite dizaine. D'ailleurs, ils « écrivent ». Le Spectacle ne doit-il pas battre son plein à la rentrée ? Le Système s'autorépliquer ? Les livres s'entasser ? Les pigistes vous éreinter ? Parfois, le soir… whisky et spleen baudelairien. Dans le silence de la nuit, vous avez l'hallucination de les entendre besogner leurs claviers. Ça tapote en cadence. Bienheureux écrivassiers. Pas de stupre, du « suppr ». Pas de cul, du « ctrl ». Pas de risques, ils appuient toujours sur la bonne touche. Et il faudrait s'étonner que les livres, aujourd'hui, sentent la machine ? L'émasculation du Lettré passe dorénavant par la souris. Et la souris, c'est bien connu, passe quand toutes les dents sont tombées.

« Savoir écrire, sa voix récrire », disait le vieux Jacques. Gommer, dégommer, ajouté-je.

Le Verbe s'est fait cher mais Solers n'a pas de Prix. Il en faut si peu pourtant pour faire un bon livre : une table, un stylo, des mouettes, une île, des vagues, un phare, un vieux bordeaux… Fort heureusement, vous avez un de ces caractères (d'imprimerie) heureux qui jouissent (sans entraves ?) d'être fondus et refondus. Vous avez toujours sur vous, à New York et à Delhi, chez Busnel et chez Denisot, cette mine de plomb dont sont faits les ors du Rhin.

Lou-Anne, fesses divines, bouche insatiable, sexe en bandoulière. Elle se vêt de rien, sobre vraiment, ce qu'on voudra de peignoir entrouvert. Elle vous a réservé un étage entier de sa maison. La Buissonnière. Torchons noués, kilims jetés ; les volets sang de bœuf, le pigeonnier-atelier, la glycine (surtout la glycine). Et le cabanon. Petite sadienne en vacances. Elle est « à votre sévice » (l'hystérique cherche un maître pour en faire un esclave). Mais toujours pas d'air. Aucun vent. Surtout, pas de vagues. L'absence de vagues, c'est ça, la platitude souveraine. Alors que dire, si ça ne parle pas ? S'il n'y a rien à dire et personne pour écouter ce rien ? Vous pensez, nostalgie, à Ré, aux Jospin, à La Solersienne avec vue sur le Pont. Elle vous observe, vous interroge. Elle (se) réfléchit.

— Votre roman avance, Phillipe ?

— Ce n'est pas penser à ce que l'on pourrait dire ou montrer, sans entrer dans ce bonheur ultime qui fait qu'on touche (la main) ce que le son peut avoir de divin quand il se dérobe à l'image même du feu, et de ses voleurs, les mots (ils ont, pour le dire autrement, la signification qu'on leur donne si on le veut bien). On peut ? On doit !

— Paris vous manque ?

— Paris m'a toujours manqué. Tant pis pour lui.

— Que vous reproche-t-on ?

— Tout.

— Mais… quand même… Mao ?

— Pour le col.

— Balladur ?

— Les chaussettes rouges.

— Jean-Paul II ?
— La pompe.
— Delanoë ?
— Les vélos.

Vous ne regrettez rien. Dans 1 000 ans, on comprendra… Médiatique ? À cause des attachées de presse en petite robe noire. Bavard ? Uniquement s'il y a des micros, des caméras ou des journaux. Sinon, rideau. Et à l'Opéra : se taire. Et en dormant : silence. Intellectuel ? D'accord mais global. Inclassable ? Si vous le dites. Homme-monde ? À la rigueur. Sociétaire du Spectacle ? Définitivement ! Pour comprendre Debord de l'intérieur (mais qui se souvient que c'est vous qui l'avez lancé en 2006 ?). Bouc émissaire ? Book émissaire, plutôt.

— Bah, vos jeux de mots à la Delbourg…

— Je me suis déjà expliqué à ce sujet : les mots sont les pièces d'un jeu de l'ego. On les assemble. Clic ! On les perd, on en retrouve sous le lit. On marche dessus, pieds nus. Aïe ! Mais si on sait les assembler : alors on peut tout (dé)construire.

Encore pas d'air. La vieille ferme, à l'écart du bourg, a des ombrosités de sieste. Lou-Anne fait ce qu'elle peut pour rester fraîche. Ah, ces cuisses infinies, quand elle les ouvre en grand. Tians aux légumes, chocolat sous l'oreiller. Tiens, Jean-Louis Chiflon à la terrasse des Platanes. Petit faiseur qui édite des *« so what ? »* comme celui que vous êtes en train de lire. Pas vous, le narrateur, vous le lecteur. Faux air d'Alain Badiou (le foulard rouge ?). Yachtman à scooter, content de lui. Espadrilles, carnet de chèques et serviette en cuir. Il n'est pas là pour l'expo « Outils du passé – Passé de l'outil » qu'organise le musée du bressac (on vous a demandé d'écrire la préface du catalogue). Il est venu signer et faire signer. Des autographes ? Des contrats, pardi ! La République des Lettres (et Cie !), il l'incarne comme un ongle. Tous ces « auteurs » qui bachotent en rond sur les malheurs du père Plasson, c'est à lui (mais en leasing). Nous prenons un verre. Vous laissez venir. Il évoque Alice Donna. Vous convoquez Althusser. Il ôte une espadrille. Vous chaussez vos gros sabots.

— Alors, quoi ?

— Un projet pour vous. Dînons, je vous en parlerai.

Vous commandez un double Negroni (1/3 Martini, 1/3 Campari, 1/3 gin).

Au courrier, une lettre. Preuve que quand on vous cherche, on vous trouve, et pas seulement au Sélect.

Cher Ph. S.

Parce que c'est vous, parce que c'est moi. Moi, théoricien de l'extension de l'impossibilité de la baise chez les informaticiens. Sarkonisé et Canal Plussé au dernier degré… Vous, bouffon virevoltant de plateaux de télé en plateaux de fruits de mer, fume-cigarette mal éteint, honte internationale des écrivains français, pourtant peu traduits. J'en passe, et de plus abjects, pour en arriver à l'Idée : vous proposer d'échanger, par courrier (nul besoin de nous supporter dans la même pièce), nos impressions d'intellectuels maudits. Ensuite (mon éditeur est preneur), nous publions nos lettres à quelques centaines de milliers d'exemplaires. Les conditions d'une prompte réponse de votre part sont réunies.

Michel Houelebeck

PS : Ne tenez, évidemment, aucun compte du pathétique projet tenté avec le navrant philosophe que vous savez. Il est, fort heureusement, passé inaperçu. Tout le monde, hélas, n'a pas votre panache...

Oui, bon. De là à ne pas deviner la manœuvre du Céline des classes moyennes (pull bouloché, anticonformisme étalonné) qui voudrait que vous le lanciez...

Correspondre ? Et puis quoi ! Désolé, je ne corresponds à rien. À moins que... L'infini, tel quel...

Mais laissons l'avenir faire son travail.

Lou-Anne est fascinée par Sade. Un après-midi (on est seuls avec nous-mêmes), nous parlons du divin marquis. Je lui raconte comment, au siècle dernier, je l'ai fait sortir de l'enfer où l'on brûlait ses livres pour le propulser jusque dans les médiathèques des sous-préfectures (et les boudoirs des sous-préfètes). Elle me serre très fort, reconnaissante. Dans nos ébats, je la découvre ségolénique.

Un peu DRH, la nuque, la trique. La mienne et la sienne. Souvent, en équilibre au bord de la fadaise.

— Ainsi, c'est déjà fini ? Vous ne l'aimez plus votre Lou-Anne ?

— J'allais dire : Pas si vite ! (la main)

— Si vous l'aimez, alors quoi ?

— Les lenteurs, les portes forcloses à double tour. Les replis du sens qui se travaillent de l'intérieur. Mais, encore et toujours, plutôt que janséniste, jean-foutre !

Nous rions comme dionysiens en bacchanales. Vertiges. *Ecce ego :* vous êtes comme ça... Et vous bandez (quand je dis vous, je pense à nous sans elle). Oui, Lou-Anne, mon apollinienne, tu l'auras cette fessée sur ton cul effrontément rebondi. Mais d'abord, cours de chinois. *Ch'ien K'un Ch'ien K'un.* Vous lui faites répéter en articulant bien.

En réalité, j'allais dire : vous improvisez une calligraphie savante à l'encre de Chine ; eau, encre, plume, papier, la main. Elle n'ira pas vérifier. Elle est comme son époque, Lou-Anne, crédule, cinéphage, soumise au Spectaculaire, au Systématique, Twin Toweresque, tibétaine, vélibante, pornopuritaine, visiteuse d'expos au Grand Palais, acheteuse de vos livres…

— Alors, quoi ? demande-t-elle.

— Zhuangzi recommande le non-agir.

— Mais vous n'arrêtez pas de vous agiter…

— En apparence seulement. En réalité, je ne dis rien, ne l'ai-je donc pas assez répété ? Je me cache derrière moi. Si peu l'ont compris.

Bribes après bribes, vous reconstituez l'histoire. Dans ces années-là, à Paris, le Bal Nègre n'est plus ce qu'il a été et, déjà, vous percez sous Mauriac. Le yé-yé vous ennuie, Hallier aussi. Pendant ce temps, à Courtonac, un vieux meunier disparaît. Il a découvert que son village allait être noyé. Où en est-il avec son désir d'anéantissement ? Le village, l'eau, le moulin… qu'est-ce que *ça parle* en lui ? Évidemment, le barrage (*Spaltung*), autrement dit le clivage, ça articule à cette place, j'allais dire dans l'inconscient, le lieu même que l'Autre évoque dans le recours à la parole (puisque ça le constitue). Et puis, il y a la jeune fille (il y a toujours une jeune fille : Ludi, Vita, Sidonie… jamais Mauricette ou Solange). Là, c'est Lou-Anne, la vôtre, celle de La Buissonnière, elle est enfermée à double sens avec un quincailler (outils sémantiques à volonté) dans une cave (endroit surcoté en sémiocratie barthienne). Vous pensez la scène (il s'agit de transformer l'objet réel en concret-de-pensée). Pourquoi n'a-t-on jamais retrouvé le corps du père Plasson ? Qui était au courant à part le père du Modiamo ?

Et puis soudain, ça ouvre (les vannes) : vous n'en avez rien à foutre de la forme romanesque. Vous savez, depuis toujours, que c'est en dépassant la forme qu'on touche le fond. Qui ne voit pas ça ne comprend rien à vous. Plutôt que de noyer le village, ce qu'il fallait, c'était noyer celui qui l'a inventé. Et celui qui l'a édité. Et aussi les pigistes. Et la Bête. Et tous ces parasites qui rient à l'ombre quand l'Écrivain se brûle les yeux à regarder en face le soleil du grand midi.

Elle cuisine, Lou-Anne. Elle parle indéfiniment avec son amie Karine mais jamais ne la baise ou ne la branle. Ou alors en votre absence ? Vous aimeriez pourtant la regarder jouir en dégustant un Martini (vous, pas elle). Soudain, prédestination, elle tombe sur votre « Évangile du Surhomme » et la voilà, folle amoureuse de Nietzsche, malgré sa moustache. Elle vous supplie de lui apprendre à danser comme Zarathoustra. Vous vous exécutez. Après ? Plein de bêtises délicieuses puis leçon de sanscrit.

— Touche-à-tout ?

— Le plus souvent possible.

— Joueur ?

— Volontiers.

— On y va ?

— C'est parti !

— « Mironton » ou « Barjabule » ?

— « Mironton »…

— *Sur*.

— SOUS.

— *Déguisement*.

— MASQUE.

— *Intègre*.

— HONNÊTE.

— *Femme.*

— HOMME.

— *Gagner.*

— PERDRE.

Elle récapitule : « SOUS le MASQUE de l'HONNÊTE HOMME, il s'est acharné à PERDRE Othello »

Vous demandez un indice.

— *Traître.*

— Renaud Matignon ?

— *Shakespeare.*

— Iago !

Elle vous embrasse et vous fête et vous étreint et vous console.

Écrire enfin. Ne plus manquer d'air. Se gratter le menton, tapoter sa tempe, pencher la tête, contempler le travail. Beau boulot. On le saura dans quelques siècles. En attendant, vous donnez ce qu'on exige de vous : une longue interview à *L'Éclair de Courtonac.*

Au courrier, *ça* insiste. Soupirs. Vous ouvrez.

Cher Ph. S.

On me dit (j'ai gardé quelques réseaux) que vous avez été approché pour un livre de lettres entre intellectuels maudits. Oubliez l'imposteur. S'il y en a un qui sait ce qu'exclusion, ostracisme et incompréhension veulent dire, c'est bien moi (et vous, évidemment). Mon éditeur est prêt. Nous attendons votre accord pour agir. Monsieur, bonsoir et à très bientôt,

Patrick Poivre d'Armor

Allons, puisque soleil il y a, bronzer. Profond. Et utile : frayer avec mes confrères en congés surpayés (autant que supporter se peut). Accepter les invitations à dîner (une sur dix). Céler l'ire quand il faudrait tancer. Donner le change en monnaie de singe. Lever le camp, à défaut du voile.

Dîner, donc, chez Chiflon qui trône à sa façon, gros contrat et farces-attrapes dans son vieux cartable. Qui sera choisi ? Il veut voir les candidats de près. La Lune se cramoise, Schmit moralise, Plancol est dans la tourmente, Modiamo feint de se souvenir, Pignol ruralise, Burbery chipote de la baguette, Muzo sourit à tout hasard, Delerme épluche des légumes… Tous visiblement sous Moraline 500 (en solution injectable). Vous bâillez en secret. Vin blanc plutôt. Un éditeur, Chiflon ? Autant qu'il est possible quand on ne naît pas du bon côté de la Seine.

Ce soir, air satisfait. Il a un plan. Au cigare, il vous entraîne sur la terrasse :

— Alors, Phillipe (je lui sais gré de bien prononcer les deux « l » et le « p » singulier), des projets ?

Vous lui rappelez, sans ostentation, que vous publiez à la rentrée *Est-ce Aime Est-ce ?*, autobiographie libre rédigée en langage texto.

Il vous prend le bras et vous glisse à voix basse :

— Toujours aussi antimoderne, hein ? Vous savez que je peux vous aider pour le *prix* G ? (libido d'éditeur, on croirait qu'il parle du « point »). Puis, regardant de biais le Modiamo qui somnole : Après tout, vous le méritez autant que certains…

Point rouge du cigare dans la nuit. Vous goûtez, poignée de secondes, la proposition. Rapportez le trophée chez Gralimard et à vous le bureau avec fenêtre, plante verte à feuilles vernies et ligne téléphonique directe. Sans compter la tête du Littell et des Big (Rufin, Schul, Québelec, Chamoisau, Constant…).

— À quoi pensez-vous ? demande le cigare.

— À Dante. Qu'aurait-il fait à ma place ?

— Oubliez le marché italien. Ça n'a rien à voir avec le nôtre… (Il pose sa main sur votre avant-bras.)

— Mais Rimbaud…

— Il signerait chez moi, du côté des Batignolles. Sérieusement, vous l'imaginez dans le VIIe ?

Frisson. Vous sentez la tentation vous frôler. Vous vous pensez un peu au-dessus de l'abîme. Vous vous jetez à l'autre. Vous demandez : Pourquoi moi ? Pour quoi faire ? Il avale un énorme nuage de fumée. Il vous pince la joue et vous délivre enfin : « Un cahier de vacances pour intellectuels avec des quiz mao-lacaniens ». Verre de blanc à la figure ? Vous cherchez une citation, vous ne trouvez que : « L'homme n'est plus artiste, il est devenu œuvre d'art » *(La Naissance de la tragédie)*. Mais c'est tellement vrai pour vous que vous vous abstenez. Si des pigistes l'apprenaient, ils ne vous rateraient pas. La peste soit des plumitifs.

Alors plutôt ceci : « Je vais réfléchir. Vous avez mon bonsoir. »

Se lever de la balancelle sous les étoiles (surtout les étoiles) et rentrer se coucher (un détour par les Platanes) en longeant la Glavoise. Que le vent les emporte. Mais il n'y en a pas.

Et merde (à celui qui le lira).

– VIII –

Guillaume Muzo

Où seras-tu si je reviendrais
sans toi ?

*

MESSAGE DE L'AUTEUR :
Pour ne pas gâcher la surprise,
surtout ne révélez pas la fin de cette histoire magique
à vos amis ou à Marc Lévy.
Guillaume

1

La nuit de la rencontre

Attrape l'étoile de ton destin,
Celle qui brille à jamais dans ton cœur...
Jean-Paul Sartre

Las Vegas,
De nos jours.

Madyson a 33 ans.

C'est Noël sur le *strip*, l'avenue qui traverse Las Vegas de chaque côté. À droite et à gauche, des casinos sont éclairés comme en plein jour. En face du Caesar Palace, un clown fait son numéro devant des petits enfants ravis qui le regardent en mangeant une *ice cream*[1]. Des gens marchent en se dépêchant sur les trottoirs pleins de monde. On se bouscule, on se souhaite un bon réveillon. Plus loin, un immense sapin décoré d'une montagne de guirlandes scintillantes semble

1. Sorte de crème glacée typique de l'ouest des États-Unis.

tutoyer le ciel étoilé. On se presse, ici et là, pour finir d'acheter un cadeau à ses proches et vite rentrer à sa maison. Les taxis sont bondés à l'intérieur mais, malgré les bouchons dus au trafic, la circulation est étrangement fluide. Comme si la paix, enfin, s'était posée pour une fragile trêve d'un soir, sur le monde brillant de mille feux.

Oui, cette nuit, chacun semble content et excité. Tous ont hâte de découvrir leurs cadeaux. Tous, sauf…

Noël…, songe Madyson en serrant ses mains, *n'est-ce pas la nuit par excellence où tout devrait s'avérer possible ?*

Bringuebalée par son taxi qui avance avec difficulté sur la neige, la jeune femme semble bizarrement indifférente aux joyeuses festivités qui battent leur plein de part et d'autre.

— Je prends par Fistfucking Avenue ou par Bursbrane Street ? lui demande son chauffeur.

— Comme vous voulez, je ne suis pas pressée…

Personne ne m'attend, ajoute-t-elle à voix basse pour elle seule.

C'est ainsi.

La neige s'est remise à tomber, saupoudrant les cactus de son blanc manteau de poudreuse. Il flotte dans l'air comme un trop-plein de joie et le décor semble irréel. En regardant, par la fenêtre du taxi, les bonhommes de neige abandonnés au froid, Madyson a envie de descendre les réchauffer dans ses bras. Mais elle est lasse, épuisée même, et une migraine a commencé à sourdre de son front, séquelle neurotraumatique d'un terrible accident où elle a bien failli… Mais c'était il y a longtemps… Alors, comme d'habitude, plutôt que de s'apitoyer sur son sort, elle pense à tous ceux qui passeront un beau Noël grâce à elle.

Cela seul compte, se répète-t-elle pour se consoler.
Elle ignore que, dans son rétroviseur, le chauffeur la dévisage étrangement.

*

Le chauffeur du taxi est un très vieil homme, maigre et affaibli, qui tient perpétuellement au coin de sa bouche une vieille pipe éteinte et porte sur ses cheveux hirsutes une coiffe de burtonge. Autrefois, dans une autre vie peut-être, il était meunier dans un petit village, au fin fond d'un autre pays, très loin d'ici, qu'on appelle la France. Mais son histoire est si étrange qu'il y a longtemps qu'il a renoncé à la raconter. À quoi bon ? Personne ne le croirait…

Ce que le vieillard découvre en observant Madyson dans son rétroviseur, c'est une jeune femme d'une trentaine d'années, vêtue d'un blue-jean, de chaussures, d'un chemisier, de gants et d'un manteau. De son bonnet de laine dépassent de jolies boucles d'un brun auburn et délicat, mais ses yeux sont dissimulés par une paire de lunettes noires.
— Excusez-moi, mam'zelle, mais j'ai l'impression de vous connaître.

Madyson émerge lentement du flot de ses pensées. Malgré son déguisement, nombreux sont ceux qui la reconnaissent. Car Madyson n'est pas une jeune femme comme il en existe tant sur la Terre, c'est une brillante cardiologue pour enfants que tout le monde a forcément déjà vue à la télé ou dans les journaux. Dans sa clinique panoramique qui domine toute la baie du Nevada, des enfants du monde entier, atteints de graves malformations cardiaques, viennent se faire soigner. Quand elle les reçoit dans son cabinet au-dessus des nuages, Madyson a toujours un mot gentil pour chacun avant de les opérer elle-même pendant des heures.

— Vous devez faire erreur, je ne suis pas d'ici, répond Madyson de la voix blanche et coupante qu'elle utilise au bloc pour demander un scalpel ou une intubation du rachis subtemporal.

Et pourtant…

Pourtant, derrière le masque lisse de la trentenaire à qui tout semble réussir, se cache une femme blessée avec qui la vie n'a pas toujours été aussi tendre qu'un cœur d'enfant à ponter. Écartelée entre un père alcoolique qui la battait et une mère analphabète qui votait Reagan, Madyson a été élevée par les gangs de Chicago, livrée à elle-même et à sa solitude, au milieu des camés rachitiques, des rappeurs obèses et des jantes en alliage. À part Aragon et Mozart, sa seule joie sur cette Terre a longtemps été sa petite sœur Cyndy, de deux ans plus jeune qu'elle. Perpétuellement privée d'école, Madyson la gardait toujours volontiers pendant que son père buvait l'argent du ménage que faisait sa mère. Blotties l'une contre l'autre pendant les émeutes raciales, les deux sœurs se racontaient leurs rêves en érigeant des cabanes en carton. Puis Cyndy commença à tomber malade du cœur. Madyson, au prix d'énormes sacrifices, obtint un rendez-vous auprès d'un grand cardiologue de Boston. L'homme les reçut sous la pluie, sur le trottoir devant son établissement flambant neuf. « Il faudrait l'opérer mais cela coûterait cher… », avait laconiquement diagnostiqué le spécialiste en laissant tomber les deux enfants, en pleurs et dans les bras l'une de l'autre.

Alors, le jour de l'enterrement de sa petite sœur, Madyson avait quitté pour toujours ses parents et décidé de reprendre ses études. De petits boulots en soirées karaoké, elle avait su économiser, *nickel* après *nickel*[1], de quoi intégrer Harvard et Cambridge où elle avait décroché avec brio son diplôme de cardiologue pour enfants.

Et pourtant…

Pourtant, malgré le succès sans cesse grandissant de son cabinet où se pressaient tous les petits milliardaires malades du monde, Madyson avait fondé en secret l'association « Un cœur pour Cyndy » au sein de laquelle elle dirigeait une équipe de cardiologues de rue. Et ce soir, c'était cela et rien d'autre qui lui tenait chaud au fond de ce taxi anonyme qui la ramenait dans sa maison trop grande et trop vide : le sourire de ces enfants qu'elle venait de recoudre et qui, grâce à elle, allaient fêter dignement Noël en famille.

— Ah bon, insiste le vieux chauffeur. Vous êtes sûre ? Je suis pourtant certain de vous avoir déjà vue quelque part…

Cette fois, Madyson sort complètement de ses pensées et lève son regard. En découvrant le visage de son chauffeur dans le rétroviseur, elle réalise qu'elle aussi, elle connaît le vieil homme qui la conduit. Alors, venue de nulle part, une larme jaillit de son œil.

1. Les nickels sont de petites pièces de monnaie qu'on utilise pour payer les choses pas très chères.

2

Le jour qui fit basculer tout le monde

Aimer, c'est se faire des surprises,
Et ne rien attendre en échange...
Louis-Ferdinand Céline

New York,
11 septembre 2001.

Madyson a 23 ans.

7 h 47 (heure locale[1]*)*
New York City. La grosse pomme aux cent mille buildings. La mégalopole moderne de verre et d'acier trempé où les héros ne dorment que d'un œil s'éveille d'une courte nuit. *Business is business*. Debout depuis longtemps, le soleil brille et, dans la baie, la statue de la Liberté dresse si haut sa flamme qu'on pourrait croire qu'elle sait déjà que la journée sera longue. Personne, pourtant, ne se doute que, dans moins d'une

1. Aux USA, l'heure n'est pas pareille que chez nous.

heure, le monde occidental va trépider sur ses grands pieds d'argile…

Au premier étage d'un autobus à impériale, une jeune fille tient sur ses genoux la thèse de médecine qu'elle vient de finir de rédiger la nuit même. Malgré son air décidé et ses vêtements parfaitement coupés, on devine qu'elle a eu une enfance difficile. Sur la première page du volumineux document soigneusement dactylographié, on peut lire :

CHIRURGIE CARDIAQUE POUR ENFANTS MALADES
ET
PARADOXES TEMPORELS DUS À L'ANESTHÉSIE GÉNÉRALE
PAR MADYSON MCBOOBS

*

7 h 59 (heure locale)

— PLUS VITE ! supplie une fois encore intérieurement Madyson en regardant sa montre.

Curieusement, bien que ce soit l'heure d'ouverture des bureaux de Manhattan, la jeune femme remarque que le premier étage de l'autobus est désert et silencieux. Mais cela ne semble pas la troubler. Tout ce qui compte pour elle, c'est son rendez-vous, dans un peu moins d'une demi-heure, au sommet du World Trade Center.

À quoi tiennent les choses…

Au terme d'un voyage qui lui semble ne jamais devoir avoir une fin, le bus approche enfin de son terminus et Madyson se lève pour être sûre d'être la première à descendre. Elle a calculé mentalement qu'avec un peu de chance, elle aura le temps de prendre un café au Starbuck du coin avant l'heure de sa soutenance. Pourtant, au lieu de commencer à ralentir, le bus accélère soudain et, dans un crissement de pneus sur le bitume, remet les gaz pour s'éloigner à toute vitesse des tours jumelles.

En s'accrochant à une barre, Madyson sursaute. Depuis que le maire Rudolph Giuliani a repris la ville en mains, tous les chauffeurs sous ecstasy ont été affectés en banlieue dans le New Jersey. Alors pourquoi ?

Plus étonnant encore, en descendant sur la plateforme inférieure, elle remarque que c'est l'autobus tout entier qui est vide de passagers. Mais elle n'a pas le temps de réfléchir à ce nouveau mystère. Furieuse d'avoir raté son arrêt, elle se dirige vers l'avant du véhicule en se tenant fermement aux barres d'appui. Elle s'apprête à frapper à la cabine du conducteur lorsque son regard est attiré à l'extérieur par une immense affiche qui recouvre un immeuble entier de la Chase Manhattan Bank. Il s'agit d'une publicité géante des éditions IXO pour le dernier livre d'un auteur à succès. Sur la couverture de l'ouvrage, une femme aux yeux bleus regarde le lecteur d'un air suppliant. Les yeux, grand ouverts et hallucinés, semblent crier :

« Où seras-tu si je reviendrais sans toi ? »

Madyson est secouée jusqu'aux tréfonds de son âme. Elle a reconnu la jeune femme qui la fixe de ses yeux immobiles et suppliants.

C'est elle-même.

*

10 h 20 (heure locale)

Madyson se réveille d'un atroce cauchemar. Elle a rêvé qu'elle devait soutenir sa thèse et que son bus refusait de s'arrêter à l'arrêt qu'elle avait demandé. Côté forme, ça ne va pas très fort. Elle se sent fatiguée et brisée. En revenant peu à peu à elle, elle découvre qu'une poutrelle métallique lui traverse la poitrine au niveau des côtes flottantes tandis qu'un bloc de béton lui enserre l'artère fémorale.

Elle a soif ; elle ressent le besoin impérieux d'aller aux toilettes se passer de l'eau sur le visage pour essayer de faire le point et d'y voir plus clair. Elle essaie de se dégager mais… rien ne bouge. Prisonnière ! Tiraillée par une douleur lancinante au niveau du grand bassin, elle réalise que cela fait bien longtemps qu'elle n'a pas été aussi impuissante et paralysée face au destin. Depuis Chicago… depuis qu'elle n'a pas pu sauver sa petite sœur… elle s'était pourtant juré que…

Tout était sa faute.

Au cours de toutes ces années, insidieusement, la culpabilité s'était installée dans son âme et Madyson, pour se protéger, avait pris l'habitude de se réfugier dans un monde intérieur fait de travail, d'études sur le cœur des enfants, de solitude.

Un petit univers clos dont elle était la seule à détenir la clé qu'elle avait avalée.

— Dieu soit loué, vous êtes enfin réveillée…, s'exclame une voix au fort accent étranger. Comment allez-vous, mam'zelle ?

Madyson croit encore avoir rêvé. Elle rouvre les yeux et, dans un brouillard amer, discerne un visage penché sur le sien.

L'homme qui la regarde doit avoir dans les quatre-vingts ans. Il tient une pipe éteinte à sa bouche et porte une coiffe de burtonge. Madyson remarque aussi que ses cheveux et ses vêtements sont couverts de neige.

Dis quelque chose, Madyson ! Ne montre pas que tu as la trouille ou il en profitera.

— À qui ai-je l'honneur ? demande-t-elle.

— Votre chauffeur... L'autobus, vous vous souvenez ?

Allons, ma vieille, tu en as vu d'autres quand tu étais petite à Chicago. Te laisse pas baratiner par cet enfoiré.

— Vous devez faire erreur, tranche-t-elle en détournant la tête.

— Ne vous en faites pas, on va vous tirer de là. Tenez, j'ai récupéré ça..., ajoute le vieil homme en lui montrant la précieuse thèse que Madyson devait présenter le jour même.

Alors, tout lui revient en mémoire : la soutenance, l'arrêt raté, l'affiche géante, la cardiologie... Elle sent son cœur se dérider un peu et elle murmure :

— Que s'est-il passé ?

— Il y a eu un attentat du 11 septembre contre le World Trade Center. Les tours jumelles ont été frappées par des Boeings détournés. J'ai fait ce que j'ai pu pour vous en éloigner le plus possible mais la tour Sud vient de s'écrouler et notre autobus a été touché.

Bon Dieu... La neige... Ce n'est pas de la neige, c'est de la poussière...

Malgré la douleur de plus en plus croissante dans ses membres du bas, Madyson essaie de se souvenir. Elle revoit en pensée la convocation à sa soutenance :

« Veuillez vous présenter à 8 h 30 précises au dernier étage de la Tour Jumelle... »

Mais laquelle, putain, laquelle ? Prise de panique, elle essaie de raisonner : Voyons, la « Tour Jumelle », en soi, ça ne veut rien dire. Il doit forcément y avoir une précision, un détail qui m'échappe… Soudain, un voile se déchire et la lumière se fait, aveuglante : « … au dernier étage de la Tour Jumelle *Nord* ».

Ouf ! Elle a encore une chance de pouvoir présenter son travail. Tous ses efforts pour se racheter n'auront donc pas été vains. Si elle n'a pu sauver Cyndy, elle sauvera des milliers d'autres petits cœurs en miettes. Et aussi les dauphins et les baleines, si son travail lui en laisse le temps.

C'est alors que l'impensable se produit : à 10 h 28, sur un écran de télévision à plasma qui se trouve miraculeusement devant elle, Madyson voit, en direct sur CNN, la Tour Nord s'écrouler à son tour.

Cette fois, c'est fini…

3

Au rendez-vous du destin

Ensemble, tout devient possible…
Nicolas Sarkozy

Courtonac,
27 février 1976.

Le père Plasson a 55 ans.

L'hiver, la Glavoise est un torrent boueux dont les flots tumultueux semblent près, à tout moment, à déborder de leur lit. Enfermé dans les toilettes de son moulin à bressac, le meunier Gary Plasson se passe de l'eau sur le visage comme pour en chasser les soucis et les derniers doutes qui l'habitent. Le miroir lui renvoie l'image d'un homme encore dans la force de l'âge mais qui est face à un terrible dilemme. La nuit dernière, il lui est arrivé quelque chose de vraiment singulier. Quelque chose de si étrange que, s'il en parlait à quelqu'un, on le prendrait pour un fou… Et aujourd'hui, il est face à la décision la plus tragique de sa vie, en équilibre au bord d'un gouffre, se demandant s'il doit sauter ou reculer.

Aujourd'hui, il a rendez-vous avec son destin.

*

Courtonac,
26 février 1976,
La nuit précédente.

Le père Plasson a toujours 55 ans.

(flash back)

Gary Plasson a voulu se coucher tôt, pressé d'en finir avec cette sinistre journée d'anniversaire. Heureusement, la nuit tombe vite en hiver et, à cette époque, les *social networks*[1] n'ont pas encore été inventés, donc personne au village n'a su que c'était aujourd'hui qu'il avait 55 ans. Dans la vallée de la Glavoise, tout le monde le croit fort, solide, bien dans son corps, droit dans sa tête et dans ses affaires florissantes. Mais ce n'est qu'une apparence pour tromper son monde. La vérité, c'est que Gary a mal. Malgré le pragmatisme jovial et l'air matois qu'il affiche en toutes circonstances, il cache sa part d'ombres et de souffrances. Et quelquefois, comme ce soir, les idées noires s'invitent à la triste fête. Alors quoi ?

Se suicider en mettant fin à ses jours ?

Trop facile. Essayer de survivre, plutôt.

C'est ainsi que les hommes vivent.

1. Sortes de Minitel pour se faire des amis.

Après son frugal dîner, il a regardé le journal télévisé en noir et blanc puis il a posé un disque de Michelle Torr sur son tourne-disques Pathé-Marconi avant de déboucher une bouteille de gnole de bressac.

Boire, boire encore, et reboire.

Oublier cette date funeste.

Cet anniversaire maudit, mon anniversaire, qui est aussi celui du jour où...

(flash back dans le flash back)

Quand Gary a connu Braxton Planchon, un laboureur de la ferme des Peyroudes, à la foire de Tullonges, l'amitié entre les deux hommes fut quasi immédiate et ils devinrent inséparables, se baignant dans la rivière, nus comme des vers, chahutant en riant, se roulant dans le bressac fraîchement coupé, organisant des dîners entre copains... Pendant quelque temps, il fut même question que les deux potes partent s'installer au Danemark ou à San Francisco. Mais le destin en avait décidé autrement...

(retour au premier flash back)

« Emmène-moi danser ce soir... », chante Michelle Torr. Gary a levé son verre en direction du vieux haut-parleur recouvert de moleskine. À la tienne, mon vieux ! Comme à chaque fois qu'il l'écoute, cette chanson lui rappelle son ami Braxton. Braxton qui n'est plus là. Braxton qui ne sera plus jamais là puisqu'il n'est pas près de revenir. Braxton qui...

(retour au flash back dans le flash back)

Pour fêter ses 25 ans, Braxton avait préparé une surprise à Gary. Déguisé en policier new-yorkais, il avait improvisé pour son ami une chorégraphie sur le toit du moulin quand une rafale de vent, plus violente que les autres, l'avait précipité dans les eaux boueuses de la Glavoise. Braxton avait essayé de lutter contre les éléments déchaînés mais ses accessoires du NYPD le gênaient et il avait disparu sous ses yeux.

Depuis ce jour, Gary se sentait coupable de ne pas avoir sauté dans le torrent pour tenter de le sauver.

Depuis ce jour, il fumait la pipe en souvenir de son meilleur ami.

Depuis ce jour, Gary Plasson, le joyeux meunier, était peu à peu devenu le père Plasson.

C'est ainsi que les destins se nouent et se forgent dans le secret du cœur des hommes.

(retour au flash back normal)

À 21 heures, Gary a déjà descendu quatre bouteilles et il est passablement éméché quand il entend du bruit dans la salle des machines du moulin. Titubant, il pénètre dans le local où s'entremêlent leviers et cordes que lui seul sait actionner à la perfection pour obtenir la précieuse farine. À première vue, l'endroit est désert et Gary décide d'aller se coucher. Ce n'est qu'en se retournant pour sortir de la pièce qu'il la voit.

Shit ! qu'est-ce que c'est que ce truc ?

Une onde de peur et d'incompréhension parcourt son corps. Devant lui, se tient une femme.

Une femme !

Debout, la visiteuse est belle comme une sirène des mers. Elle porte une robe d'un blanc si intense qu'il semble presque foncé.

La Dame Blanche de Jeanzac ? C'était donc vrai ?

Gary se frotte les yeux mais, quand il a fini, l'apparition est toujours là. Comme si l'inconnue avait lu dans ses pensées, elle s'adresse à lui d'une voix douce et tranquille.

— Heureuse de te retrouver, Gary.

— Nous nous connaissons ?

— Pas encore.

— Qui êtes-vous ?

— Je m'appelle Madyson.

— Qu'est-ce que vous voulez ?

— T'aider, Gary…

— M'aider ? Moi ?

Il rit amèrement en déglutissant cul sec le fond de sa dernière bouteille. Puis il claque la langue et s'essuie la bouche. Il transpire de sueur mais il ne veut surtout pas trahir son trouble devant cette inconnue.

— Je n'ai besoin de personne pour m'aider à gâcher ma vie moi-même tout seul !

Madyson ressent une bouffée d'empathie.

— Si, Gary, on a tous besoin des autres sur le chemin de la guérison de soi-même. Les phobies, la dépendance alcoolique, l'anxiété chronique, les cheveux qui tombent… tout cela, ce sont des signaux envoyés par notre cerveau pour nous dire que quelque chose ne va pas bien. Depuis la disparition de Braxton, tu ne vis que pour ton travail et ta pipe, tu n'as ni femme, ni chien, ni goût à rien. Tu as apprivoisé la souffrance mais tu sais qu'elle ne suffira jamais à te rendre pleinement heureux. Tu as réussi ta vie professionnelle mais quelque chose en toi a compris que, dans la vie, les biens les plus chers sont ceux qui n'ont pas de prix.

— Pourquoi êtes-vous venue remuer toutes ces choses que je croyais enfouies en moi depuis si longtemps ?

— Je te l'ai dit, Gary : pour t'aider.

— Mais pourquoi voulez-vous m'aider ?

— Parce que tu me sauveras, je reviens te chercher.

*

Gary regarda de nouveau l'apparition comme si c'était la première fois. Les effets de l'alcool commençaient à se diluer dans son sang et il trouvait la jeune femme tout à fait à son goût.

— Je ne comprends pas, dit-il.

— C'est normal, Gary, c'est une histoire tellement extraordinaire… Par où commencer ?

— C'est à vous de me le dire, plaisanta-t-il.

— Ce que je vais te dire va sûrement te sembler difficile à admettre, mais je te demande de me croire : dans le futur, tu vas me sauver la vie.

— Dans le futur ? Mais quand ?

— En septembre 2001… Le 11, très précisément.

— Vous oubliez que j'aurai 80 ans en 2001 ! fit remarquer Gary.

— Et tu conduiras un autobus dans les rues de New York, compléta Madyson. Je sais que ça paraît invraisemblable, je t'avais prévenu, mais c'est comme ça…

Gary se demanda si la jeune femme se moquait de lui. *Mais bordel, pourquoi aurait-elle fait tout ce voyage pour se payer sa tête ?*

Madyson lui raconta alors en détail ce qui allait bientôt se passer au chapitre précédent et lui demanda de n'en parler à personne pour ne pas gâcher la surprise. Quand elle eut terminé, Gary alla se passer de l'eau sur le visage et un silence s'installa dans la salle de contrôle du moulin.

— Jolie histoire ! lâcha Gary. Mais pourquoi devrais-je donc me donner tant de mal pour vous sauver la vie ? demanda-t-il ironiquement.

— Parce que je suis venue pour sauver la tienne.

— Comment ça ? s'enquit Gary qui commençait à être intéressé.

— Écoute, Gary, je sais que depuis la disparition de Braxton ta vie n'a plus aucun sens parce que tu ne peux pas t'empêcher de penser que tu portes une responsabilité dans sa mort, que les choses ne se seraient pas passées comme ça si tu l'avais dissuadé de danser pour toi…

Gary oscilla sous le coup de la révélation.

— Co… comment le savez-vous ?

— C'est toi qui me l'as dit dans le futur, un soir de Noël à Las Vegas.

— Las Vegas ? Qu'est-ce que je fous à Las Vegas ?

— Tu es chauffeur de taxi.

— C'est bien payé ?

— Peu importe. Écoute, je suis venue te donner le moyen de retrouver Braxton par-delà le temps et l'espace. Tu peux encore le sauver !

Pour garder son sang froid et ne pas perdre sa face, Gary cassa une bouteille de gnole sur le rebord d'une chaise.

— Vous vous foutez de moi, c'est vraiment dégueulasse ! hurla-t-il à travers ses larmes.

— Je peux t'assurer que ce n'est pas une plaisanterie. Tu ne peux encore le savoir mais, dans le futur, les frères Bogdanoff vont démontrer qu'il existe des fistules dans l'espace-temps qui font communiquer entre elles des époques différentes.

Vaincu par l'espoir, Gary se laissa tomber sur un fauteuil.

— Que dois-je faire ?

— Demain, nous serons le 27 février 1976. Tu monteras au sommet du godivot de brassage où tu feras semblant de frictionner une jarjille…

— Et ensuite ?

— Ensuite, tu sauteras dans la Glavoise.

4

Par-delà le temps de vivre

L'avenir a toujours un cadeau à offrir
Pour celui qui sait l'ouvrir
Kurt Cobain

New York
11 septembre 2001.

Madyson a 23 ans.

En voyant s'écrouler la deuxième tour jumelle, Madyson avait compris soudain que c'étaient toutes ses longues années d'études acharnées qui partaient ainsi en fumée à cause du fanatisme des hommes.

Pas de soutenance, pas de diplôme.

Pas de diplôme, pas de clinique.

Pas de clinique, pas d'enfants sauvés…

Alors, elle eut envie de mourir très fort et elle ferma les yeux. Cela ne prendrait que peu de temps, elle sentait que déjà son sang se vidait et que sa moelle épinière n'était pas mieux lotie. Plus les secondes passaient, plus sa probabilité de survivre chutait dangereusement vers le bas.

En la voyant ainsi renoncer à se battre, le chauffeur du bus eut une compassion. Il hésita un instant puis il lui dit :

— Réveillez-vous ! Mam'zelle, vous m'entendez, réveillez-vous ! Aucun combat n'est perdu tant que la ligne d'arrivée n'est pas franchie !

Déjà loin sur la route de l'au-delà, Madyson entendit comme en rêve les mots du vieil homme qui essayait de la ramener à la vie. La vie ? Quelle vie ? Celle qui laissait ce goût de poussière sur la langue ? Elle repensa à Cyndy, à la consultation inutile sur le trottoir devant le spécialiste de Boston.

Tu vas mourir, Madyson, tu peux bien t'avouer la vérité maintenant !

Elle revit le cardiologue célèbre qui la dévisageait étrangement.

Dis-le, Madyson, que tu étais pétée au crack ce jour-là et que cet homme n'était pas cardiologue mais dentiste… Tu as merdé, Mady !

Elle allait mourir, elle voulait se libérer de cette culpabilité qui l'enfermait vivante dans sa honte comme dans un tombeau de plomb.

Allez, ose, ma vieille, va jusqu'au bout : avoue-le une bonne fois pour toutes qu'en plus tu avais oublié Cyndy dans le train !

Écrasée par la honte mais enfin soulagée du poids infini de la vérité, Madyson se laissa glisser sur le grand toboggan sans fin du néant. Elle vit un grand tunnel, un éclair bleu, une descente vertigineuse dans le noir, un pompon à attraper, une grande lumière au fond du couloir puis, au lieu de la paix espérée, elle ressentit une terrible douleur : le vieux chauffeur lui pinçait le mamelon.

*

San Francisco
11 septembre 2002.
Hôpital Lexo-Myll.

Madyson a 24 ans.

Tout est calme dans la grande chambre immaculée du Lexo-Myll Hospital où Madyson est plongée dans le coma depuis un an. Par la fenêtre en 16/9, on voit le Golden Gate qui enjambe. Autour d'elle, s'affaire Arnaud, un jeune infirmier français en stage, belle gueule, pull noué autour des épaules, cheveux ébouriffés sympas, sourire rêveur, il écoute Mozart, Radiohead et Aragon dans son iPod. Ses gestes sont précis et tendres à la fois. Comme tous les jours, il a vérifié les points de suture et tout a l'air de tenir bon. Beau boulot de l'équipe soignante, la meilleure de l'Ohio.

Depuis qu'il s'occupe de Madyson, il la trouve très belle même si personne ne sait comment elle a survécu à l'effondrement des tours jumelles.

— Faut-il croire aux miracles ? se demande parfois Arnaud en baignant Madyson. Et après tout, n'y a-t-il pas toujours un mystère chez l'être que l'on aime qui nous fait l'aimer à plus forte raison ?

Tout en lui préparant une perfusion bien fraîche, le jeune homme regarde une fois de plus cette fille qu'il ne connaît pas et avec qui il a pourtant passé plus de temps qu'avec toutes ses conquêtes faciles d'un soir. Elle est belle comme c'est pas possible.

Elle est si calme, si sereine qu'on dirait qu'elle rêve.

Quand te réveilleras-tu, serai-je encore là ?

Soudain, Madyson ouvre un grand œil fixe et bleu.

*

Grand Canyon
2004, 17 h 43.
Clinic of functional reeducation
for accidented people.

Madyson a 26 ans.

Après son miraculeux retour à la vie, Madyson a suivi une rééducation fonctionnelle intensive dans une clinique suréquipée du Grand Canyon. Tous les jours, après les exercices obligatoires dans la salle de sport avec vue sur la baie, elle replonge avec courage dans ses cours de cardiologie infantile. Elle a décidé de repasser sa thèse.

Elle doit bien ça à Cyndy.

Même si elle ne se pardonnera jamais ce qui lui est arrivé, elle est prête, désormais, à vivre avec ce remords.

D'où lui vient cette énergie ? Elle serait bien incapable de l'expliquer.

Et pourtant.

C'est comme ça.

Et pas autrement.

Quelque part en elle, elle sait qu'elle doit tout à cet homme mystérieux qui lui a sauvé la vie, en 2001, à New York.

Qui est ce vieil homme ? Elle l'ignore.

Ou presque.

Quelques jours avant qu'elle se réveille, il a disparu en laissant une enveloppe au jeune Arnaud, l'infirmier qui s'est si bien occupé d'elle pendant tous ces mois de coma.

L'enveloppe contenait de quoi payer des années de rééducation de grand standing et un simple petit mot, griffonné d'une écriture tremblante de vieillard :

Bonjour Madyson,
Je suis le chauffeur de votre autobus à impériale
Ne cherchez pas qui je suis vraiment,
vous le saurez quand vous viendrez me sauver dans le passé.
Vous ne me devez rien, c'est moi qui vous dois tout.
Ne renoncez jamais à vos rêves.

Gary Plasson

5

Désirs d'avenir

Allez-y, les enfants !
Jean-Pierre Coffe

Courtonac,
27 février 1976.

Le père Plasson a 55 ans.

Debout au-dessus de la Glavoise, Gary est face à la décision la plus tragique de sa vie. Aujourd'hui, il a rendez-vous avec son destin. En équilibre au bord d'un gouffre, il marche seul en file indienne en se demandant s'il doit sauter ou reculer.

Alors, il pense à Braxton.

Alors, il pense à cette théorie encore balbutiante des univers parallèles.

Alors, il saute.

Et à peine a-t-il le temps de sentir le froid glacial de l'eau boueuse qu'il est aspiré dans un vortex spatio-temporel.

*

Las Vegas,
De nos jours.

Madyson a 33 ans.
Le père Plasson a 89 ans.

Y a-t-il beaucoup de personnes sur cette Terre avec qui l'amour peut durer toute une vie ? Et si on nous donnait la possibilité de revenir en arrière pour tout changer dans notre existence, aurions-nous toute la vie des remords pour avoir effacé nos regrets ou le regret de ne plus avoir de remords ? Mais de quoi ?

Il neige toujours sur la capitale du Texas. Les rues se sont vidées des gens qui sont presque tous rentrés chez eux rejoindre qui sa famille, qui une dinde croustillante, qui un âtre. Même les bus bondés sont déserts.

Au milieu de l'avenue latérale, le taxi dans lequel Madyson est montée est stationné sous la neige.

Au volant, le père Plasson s'est retourné vers Madyson et vers son passé.

Madyson – Gary.

Gary – Madyson.

Par-delà l'espace et le temps, ces deux-là se sont reconnus et, en cette nuit où tout peut arriver, ils se sont enfin retrouvés.

C'est la vie.

Mais pourquoi si tard ?

— Tu es revenu, Gary…

— Je te l'avais promis, Madyson.

— Tu as retrouvé Braxton ?

— C'est fini, Madyson.

— Qu'est-ce qui est fini, Gary ?

— Braxton, Madyson…

— Pourquoi, Gary ?

— Parce qu'il n'y a pas beaucoup de personnes sur cette Terre avec qui l'amour peut durer toute une vie, Madyson. Il est heureux, il a trouvé une autre vie dans le vortex, plus proche de ses aspirations légitimes. Qui sommes-nous pour juger ?

— Tu crois qu'il est encore temps, Gary ?

— Il n'est jamais trop tard, Madyson.

Alors, malgré le temps, malgré l'espace, malgré le froid, ils s'aiment.

Après une lutte obstinée avec le zip de son jean, il fait descendre ses mains jusqu'à son intimité ultime où elle l'attend, prête au plaisir. Ils s'aiment. Elle danse pour lui comme Braxton sur le toit du moulin. Elle gémit. Il soupire. Il jette sa coiffe de burtonge. Ils s'aiment plus profond. Elle chuchote. Il grogne. Ils s'aiment plus fort encore. Les doigts de Gary s'attardent désormais sur le sommet de ses éminences, notamment ce sein qu'il a pincé pour la ramener au monde. Elle vole très haut et elle décolle du sol. Il pousse. Elle tire. Leur relation est incandescente. Elle s'agenouille sur la banquette et ouvre ses lèvres. Pulsations de leurs deux cœurs à l'unisson du monde. Il feule. Elle grogne. Autour d'eux, Las Vegas disparaît dans la brume inextricable qui s'est levée sur l'océan. Il s'approche et la plaque contre lui. L'amour coule dans leur sang. Ils sont parcourus de vagues de désir qui les soulèvent et les rejettent sur la plage. Ils s'aiment comme des enfants, comme avant les menaces et les grands tourments. Elle crie de bonheur.

Il râle. Leurs ventres se raidissent, leurs pupilles se dilatent. Ils s'aiment…

*

Las Vegas,
0 h 17

Madyson se sent décoiffée mais heureuse.

— Tu te débrouilles pas mal, pour un vieux meunier, plaisante-t-elle.

— Je t'ai attendue si longtemps…

— Et maintenant, Gary ? demande-t-elle en lui allumant une pipe.

— Maintenant, je peux m'en aller, Mady.

— Mais que serais-je sans toi, si je t'aimerais encore dans le futur ?

— Je reviendrai te voir quand tu étais soignée à l'hôpital. Et aussi à New York, et…

Le taxi se met à vibrer, les essuie-glaces se mettent en marche, la clim se dérègle, l'autoradio diffuse du Michelle Torr…

— Que se passe-t-il ? demande Mady qui a peur d'avoir compris.

— Je m'en vais, Madyson.

— Reste, je t'en supplie !

Gary Plasson se met à trembler, ses yeux se révulsent, sa tête lui tourne. Il trouve la force de dire encore :

— Si je ne repartirais pas dans le passé tu ne seras pas là aujourd'hui…

— Où vas-tu, Gary ?

— Je n'en sais rien, Mady. Tu crois qu'il y a un paradis des meuniers ?

— Si tel est le cas, tu y seras comme chez toi, Gary.

Une lumière bleutée entoure Gary et, en quelques secondes, Madyson se retrouve seule, éperdue de tristesse, au fond d'un vieux taxi.

Désespérée ?

Non, car elle sait désormais qu'il suffit parfois d'un simple voyage dans le temps pour refaire sa vie…

Alors, malgré sa fatigue, malgré le froid, elle saisit sa trousse de cardiologue et part seule dans les rues à la recherche d'enfants à opérer.

Une seule dernière petite chose trouble encore son cœur limpide : il n'y a jamais eu d'autobus à impériale à New York.

– *IX* –

Philippe Delerme

On aurait dû fermer les volets

*

Sucré secret

D'emblée, on sait qu'on a eu raison de se lever tôt. On préfère les petits matins aux grands soirs, si fatigants. On n'avait plus rien à éplucher sur la grande table de la cuisine alors on a décidé de faire des courses. On a mis des tongs aplaties au talon, un K-Way fripé de désordre, un pantalon de toile cicatrisé, au fil de pêche, à la voussure du genou, un bob Orangina.

Frotté de près, le trottoir de la rue Carnot exhale une odeur verte de piscine municipale. On pense aux tendres verrues que l'on rapportait, enfant, dans le secret de ses nu-pieds et qu'une tante, un peu sorcière, un peu prof d'anglais, brûlait à la bougie. Mais la matité du bitume cède ce qu'il faut de temps révolu à la clarté de l'attente pour qu'éclose, enfin, une couleur clandestine et la douce certitude d'une molle fraîcheur à venir. Car on touche au but. On pénètre la pénombre de l'épicerie-dépôt de pain, parfum de sciure fraîche et de viennoiseries en vrac. On bouscule gentiment les tourniquets à cartes postales qui étaleront bientôt leurs « Bons souvenirs de Courtonac » sur le trottoir tiède. On a rempli son chariot à commissions de légumes verts dans des sacs en papier marron, déniché *Le Monde des Timbres* et c'est comme par hasard qu'on le découvre, l'inattendu, le retrouvé. On le palpe, on le repose. On le reprend.

À la caisse, air godiche, avant de régler :

— Et puis *ça*…

— *Ça* aussi ? feint de s'étonner le patron roué.

On se retrouve dans la rue, gorge sèche, K-Way trempé de l'intérieur, bob de guingois. On est seul. On déballe l'objet du désir. Et c'est sans réfléchir, réplique tellurique d'une secousse d'enfance, qu'on enfourne d'une seule bouchée le bâtonnet marron, luisant et trop sucré du Carambar.

La ville dont le roi est un bouchon

C'est dans le bas de la rue Carnot. On mâche en déchiffrant la devinette imprimée au verso de l'emballage jaune et amarante du bonbon : « Quelle est la ville la plus légère ? » Sphincters contractés dans les ténèbres du bermuda comme à chaque fois que passe une micheline trop près du quai. Souvenirs aussi d'interro surprise, les lendemains de vacances. Mais on se calme. On se concentre et on raisonne en suçotant. Lourdes ? Non. Au contraire… Sète, dans l'Hérault ? Impossible. Saint-Léger ? Trop évident. Ostende ? Aucun rapport. La ville la plus profonde ? Le Puy, évidemment. Mais la plus *légère* ?

Vaincu, on retourne l'emballage : sous les fragments havane et collants de la friandise, la réponse à l'encre bleu pâle se donne à lire. C'était tout simple mais on n'a pas trouvé. La ville la plus légère, c'est Liège, en Belgique. On le savait. Cramoisi du front et des joues où le sang accourt comme un vin chaud. Toute honte bue, à petites gorgées amères, on fait descendre son bob au ras des oreilles. On rase les devantures. Et c'est alors que se produit un détachement net. La chute intime et minuscule d'un bref fragment de soi que l'on avait cru scellé à jamais. Un tout petit peu de très dur venu à l'improviste se manifester dans l'épaisse et délectable substance du Carambar devenu mou. On passe sa langue, incrédule, sur le gouffre. Béance.

On a perdu un plombage.

La mort du petit cheval

La patronne de l'Hôtel des Tilleuls s'appelle Yvonne Delval. Il y a quelque chose en elle de Folcoche interprétée par Alice Sapritch. Comme chaque matin, elle a déposé ses légumes à éplucher. Accord secret qui permet d'avoir de l'eau tiède dans la salle de bains. On s'est mis aussitôt à l'ouvrage en réécoutant *La Mort du petit cheval* dicté par Jean Le Poulain, un audio-disque de l'ONISEP emprunté au CDI. Mais il était dit que la journée serait singulièrement mouvementée puisque dès le troisième chapitre on s'est présentée à la porte (le *on* ayant ici la valeur d'un pronom personnel, on fera les accords en fonction du genre et du nombre des personnes qu'il désigne, en l'occurrence une frêle Suédoise en maillot de corps).

— J'arrive pas à me connecter, vous avez du réseau ? a demandé l'ardente jeune femme.

On l'a fait entrer et asseoir à la table sur laquelle on a passé un coup d'éponge. Nerveuse comme si elle présentait un oral de rattrapage, elle a insisté.

— Je peux essayer avec votre ordi ?

On a sorti de sa valise en chintz le nouveau Thomson MO7 confié par le rectorat. Elle l'a manipulé sans aucun égard en grommelant dans sa langue rude avant de se lever et de disparaître comme elle était arrivée. On s'est retrouvé devant le tas de rates potelées, attendant la prochaine visite. Quand on épluche, on ne reste jamais seul très longtemps (le pronom *on* ayant ici sa valeur indéfinie, il donne son masculin singulier à tous les adjectifs et participes passés).

Manger de l'autre côté

On vient d'appeler le cabinet du dentiste – au cas où – mais rien avant lundi.

— Mangez de l'autre côté, en attendant.

On jubile secrètement. Pendant les vacances, on avait justement envie de changer de côté. On sait qu'il faudra donc attendre quatre petits jours avant de coincer, dans son col de chemisette, la serviette en papier rêche. Boire au fragile gobelet l'eau verte de la fontaine en inox. Rincer. Cracher. Ouvrir grand et dire « aaah ». Il pleuvra des filaments de sang très roux, d'infinies coulures de salive, mêlées à de petits débris d'ivoire, qui s'engloutiront en pivotant au cœur de l'émail lactescent. À la fin, on sortira sa carte Vitale et tout sera réglé par la MGEN.

En attendant donc, ce sera tapioca, compote et yaourt. Comme c'est de Danone à l'ancienne qu'il s'agit. Il faudra y faire pénétrer lentement la cuillère, ressentir jusque dans le poignet la texture reconquise des goûters du jeudi chez tata Clotilde, incorporer le petit-lait à la pâte duvetée. Sous l'opercule doré, certains pots ont des marbrures d'écume, de troubles golfes alvéolaires périphériques, d'équivoques chuintements quand on les touille. D'autres attendent, hiératiques, la minimale cuillérée de sucre La Perruche qui les constellera de diamants bruns. Mais qu'on y jette quelques baies rouges ramassées en balade avec des amis du SNES et le blanc vire au rose. Les apparences se font trompeuses.

De nature, le yaourt devient surnaturel.

L'ovoïde évidence

La mi-journée approche, les pommes de terre, poireaux, carottes, cardons, blettes, haricots verts… et même le riz complet sont épluchés. Pourtant, à la perspective d'une trop fibreuse pitance, l'appétit renaude. Même si l'on devrait s'en tenir au mou, pour le déjeuner ce sera… un œuf dur ! Tant pis si l'appositif évoque le heurt, la meurtrissure. La gencive ensanglantée.

La casserole d'eau atterrit sur le feu avec un bruit de coing qui choie dans les feuilles. Piaillements électriques de l'allume-gaz dans la moiteur chagrine de la cuisine CAMIF. L'eau, calme, invitante, se referme docilement sur l'oosphère. On a beau chercher, pas le moindre angle droit sur la surface tonde. On pousse sa chaise devant la gazinière et on regarde se former les scintillantes théories de minuscules bulles. Du pouce et de l'index, on s'obstrue les narines, on pousse un peu. Les oreilles ainsi débouchées, on entend éclore les petites sphères à la surface. Quelqu'un frappe à la porte. Un principal à la retraite, en bottes vert d'Irlande, de retour de cueillette ? On lui proposera d'éplucher quelque chose, on lui racontera l'anecdote du plombage et on le questionnera, peut-être, sur la légèreté des villes. On baisse un peu le feu, alentissement du bouillon.

On se prépare doucement à aller ouvrir.

L'omelette ensorcelée

C'est l'heure concave de la matinée où l'on recompte les fraises des bois, où l'on fait des bocaux, où l'on se fait cuire un œuf. Pendant qu'on rangeait les tomates épluchées dans le bac à légumes, ça a insisté à la porte. On a fini par ouvrir, un peu honteux de la Ricoré et des Cracottes qui traînent encore.

La visiteuse inattendue est une voisine de la Résidence-Hôtel des Tilleuls. Elle se prénomme Karine. Pétulante beauté, un peu gourmée, mammaire abondance. D'entrée, on devine qu'elle n'est pas venue aider à écosser les petits pois. On l'invite à entrer et elle réclame une chaise. On promène une éponge humide sur la toile cirée qui ravive ses motifs et la rend adhérente aux avant-bras.

D'ordinaire volontaire comme une capésienne d'allemand, Karine a aujourd'hui le teint kaki, mat, austère, du bressac en toupet ; le blanc de ses yeux est jaune, veiné de stries lie-de-vin et toute sa peau a la texture du papier violine dont on recouvre les Gaffiot. On hésite à lui proposer un bonbon menthe-réglisse.

— C'est au sujet des champignons que vous nous avez donnés…

Et c'est, de part et d'autre, un regard de muette compréhension. On repense aux sous-bois près de la Glavoise où tout est si tumide et voussu. À l'insolente profusion de ces petits chapeaux pointus tachetés de couleurs, qu'on a ramassés sans compter. Le soir, il y en avait tant à éplucher qu'on a offert les plus jolis (les marron à pois rouges et or) à Karine, la voisine, et les autres (blancs à marbrures mauves) à un ami à foulard, agrégé d'histoire. C'est vrai qu'on ne l'a pas vu à l'atelier d'écriture du mardi. Il faudra qu'on l'appelle. Ou qu'on lui rende une calme visite au cimetière de Tullonges.

La sieste foudroyante

C'est dans le salon, après le déjeuner. On est assis sur le bon vieux fauteuil en cuir râpé. On a tout le temps. Des yeux, on suit une mouche qui se nettoie les pattes. En fond sonore, il y a le jeu des mille euros et, à la télé, Derrick *sotto voce*. Quand les paupières se sont faites lourdes, on a ouvert un livre de Christian Jacq.

Et c'est alors que, sans autres signes avant-coureurs, à l'improviste, on

Un petit film hongrois

Le meilleur du réveil poméranien réside dans l'envie de faire quelque chose avant que la journée ne soit définitivement foutue. Mais d'abord, une grenadine glacée dans un verre à moutarde, en claquant bien la langue. Et puis, en ouvrant la commode pour y chercher des chaussettes, gloussement : on l'avait complètement oublié, celui-là. Il date de septembre dernier. On l'avait préparé puis on était allé aux mûres avec des latinistes en dépression et il était resté là, négligé. Le petit film hongrois. Pas Miklós Jancsó. Plus intimiste. Une histoire ? Pas vraiment mais qu'importe. Un récit d'aventures, un peu. Une explosion de convivialité, d'appétit réciproque de l'autre. La pochette promet même, en bonus, une scène non protégée avec une pastèque.

Il faut éplucher le cellophane, glisser le disque dans la cavité vorace du lecteur. S'installer sur le canapé, vraiment tout seul. Penser à débrancher le téléphone.

Ça se passe dans une laverie à Budapest mais ça pourrait être un parking de la gare Saint-Lazare. Mains croisées derrière la nuque, la cliente du Lavomatic regarde au loin. On devine qu'elle pourrait aussi bien équeuter des asperges. L'homme a accéléré ses va-et-vient. Son tchac-tchac régulier est devenu un han-han-han ternaire et obsédant. Mais la femme reste toujours impassible, la tête maintenant plongée dans la machine. C'est là qu'on découvre qu'on a oublié de prendre des mouchoirs en papier au dévidoir en bois. Au cas où l'émotion serait trop forte. Et on pressent qu'elle va l'être.

On se lève pour rejoindre la cuisine en sautillant à pieds joints. Souvenirs de course en sac et de colos. En passant, on lève les yeux vers la fenêtre. On y croise les regards, lourds de surprise, de deux ou trois clients des Tilleuls. C'est vrai qu'on est au rez-de-chaussée.

On aurait dû fermer les volets.

Éplucher les courgettes

En épluchant les courgettes, on promène un regard neuf sur le vieux journal où s'amoncellent les peaux rugueuses. C'est un exemplaire jauni de *L'Éclair courtonais* qui relate la disparition du père Plasson. À l'exception de quelques erreurs de grammaire et d'une ponctuation manquant parfois de rigueur, le récit est cohérent et mérite la moyenne.

Alors, tandis que l'on pèle rêveusement, se dessine la scène. Le meunier, un homme simple comme un certifié en EPS mais madré comme un inspecteur d'académie, est perché sur le toit de son moulin. Celui qui risque tout n'a jamais le vertige dont souffre celui qui reste au sol. C'est que le bressac est abondant cette année-là et la Glavoise est boueuse et le meunier aussi endormi que s'il avait corrigé des copies de français toute la nuit.

Alors, peu à peu, ses yeux se ferment tandis que son moulin, son moulin va trop vite.

Son moulin, son moulin va trop fort.

Un froid si tiède

C'est vers 17 h 34, mais il y a comme un peu d'impatience que ce soit bientôt le soir. Ou qu'il fasse orage. Pour mystifier le temps, on a mis le rôti et les courgettes émincées dans un Tupperware au congélateur. En s'ouvrant, la porte de l'appareil à froidure a libéré ses frimas. Troublante évocation des dimanches d'hiver mouillés, des inhalations sous la serviette éponge, des décoctions aux baies de Goji, des cataplasmes. On a plongé la tête dans le rectangle froid, au plus près des cônes glacés, des sachets de girolles, des filets de colin… Sur les Forty d'Afflelou une fine couche de bruine est venue se poser. Alors, soudain, en pleine chaleur, on a revu le monde en novembre. Et on est resté là, visage englouti dans la froide nostalgie des jours blêmes : torpeur des cours de grammaire à la tombée du soir, léthargie alanguie des arrêts maladie, sensualité recueillie des conseils de classe. On en est ressorti, givre dans les cheveux, bouleversé, avec cette conviction intime que quelque chose vient de se passer, qu'il suffit d'attendre. Moins de trente minutes plus tard, elle est là. D'une tempe à l'autre, barrant le front de son arc de morne douleur, la sinusite d'hiver a pris ses quartiers d'été. Et il suffit désormais de frapper le talon par terre pour réveiller, dans la tête et dans les dents, ses éclats assourdis. Alors, on a ouvert l'armoire, déhoussé quelques verts chandails à torsades en dégustant, lampées fugaces et timides, une petite cuillerée de sirop pour la toux.

Les grains de sable dans les poireaux

Pour finir cette journée si étrange, c'est dans la villa que loue Jean-Louis Chiflon à Courtonac, un dîner aux étoiles qui n'ose s'avouer convocation professionnelle. Les couteaux sont tirés. Le courant passe, mais si froidement qu'on pourrait presque manger à l'intérieur.

En plat unique, les crudités ont goût de dominicale flânerie à l'AMAP de Jeanzac. Paisibles poireaux, vinaigrette à l'Isio 4. La sobriété se fait démonstration. Chaque bouchée sonne comme un grinçant reproche. Saveur perverse des grains de sable sous les dents.

Une corbeille de pain trône, invitante. Il y a si peu à dîner que l'on ressent au plus profond de soi la peur d'en manquer bientôt. On empile quelques tranches, mine de rien, derrière sa serviette pliée en cône. Il s'agit pourtant moins de casser la croûte que de s'entendre dire que la crise frappe même les plus forts, que la grippe va vider les librairies, mais que moi, vous savez, je suis pas né de la dernière tempête boursière à condition que compte tenu des circonstances chacun fasse un effort sur les conditions prévues au contrat à commencer par ceux qui prônent la frugalité volontaire et exaltent les plaisirs microscopiques.

Flottement cotonnant, clarté de veilleuse d'hôpital tamisée d'un mouchoir écossais, tout est gibbeux, lentisque, tourbé. On voudrait s'essuyer la bouche à la serviette à carreaux qui sent la lessive et s'en rentrer aux Tilleuls voir un petit film ukrainien de derrière les chaussettes mais il y a encore des choses à entendre. Le Roi Soleil de l'édition a décidé de faire pleuvoir ses vantardes goguenardises en une averse placide de grandiloquence bougonne et vaguement menaçante. Puis c'est :

— Allez donc chercher du pain, La Fiorette ! Et épargnez-nous vos métaphores à rallonge.

— Vous vous méprenez, je suis Philippe Delerme.

— C'est ça. Et moi, je suis Michel Laflon !

On s'exécute avec la secrète jouissance de songer que l'on ne reviendra pas s'asseoir à table, qu'on peut jeter les masques dans la Glavoise, que c'est enfin fini. Qu'on va s'enfuir dans les Pouilles.

On n'est pas près de revenir à Courtonac.

Remerciements
(et copinages éhontés)

L'auteur remercie :
Toute l'équipe de Jean-Loup Chiflet et de Christophe Absi.

Ainsi que :
Marco, sans qui rien.
Vincent Haudiquet, auteur de l'indispensable
Mon Boomerang s'appelle reviens (Chiflet & Cie), relecteur à (très) haute valeur ajoutée.
Albert Algoud, pour ses tuyaux et ses corrections. Guillaume Zorgbibe, confesseur spécial, éditeur notamment de la correspondance Thoreau-Emerson et de la cultissime revue JARDINS (www.editionsdusandre.com).
Delphine Garnier, bienfaitrice masquée.
Marcel Gotlib et Jacques Drillon pour leurs bonnes pistes dans *Milliardium*.
Patrice Delbourg, pour ses conseils de pro.
Annick Guendafa, lectrice en tête.

Les amis et contempteurs de *L'Élégance du maigrichon* qui ont l'électricité se retrouvent dans le groupe « Les Élégances du maigrichon » sur Facebook.

Composé par Nord Compo
à Villeneuve-d'Ascq (Nord)

Imprimé en Espagne par
Litografia Rosés
à Gava
en août 2010

POCKET – 12, avenue d'Italie – 75627 Paris cedex 13

Dépôt légal : septembre 2010
S20246/01